波間のそよ風

Namima no Soyokaze

Shoko Motoyama

本山 詳子

文芸社

もくじ

流れに棹さすなかれ

波間のそよ風 …… 7
ゆっくり行こう　流れに棹さすなかれ …… 41
魂と障がい者 …… 82
私の本の旅 …… 86
親分肌と言う前に守るべきこと …… 91

老いを迎える

認知症に向かって、そして手術 …… 97
老いること …… 132
犬のまなざしに癒やされる老い …… 135

星空から来たコロ

星空から来たコロ　2 …… 151

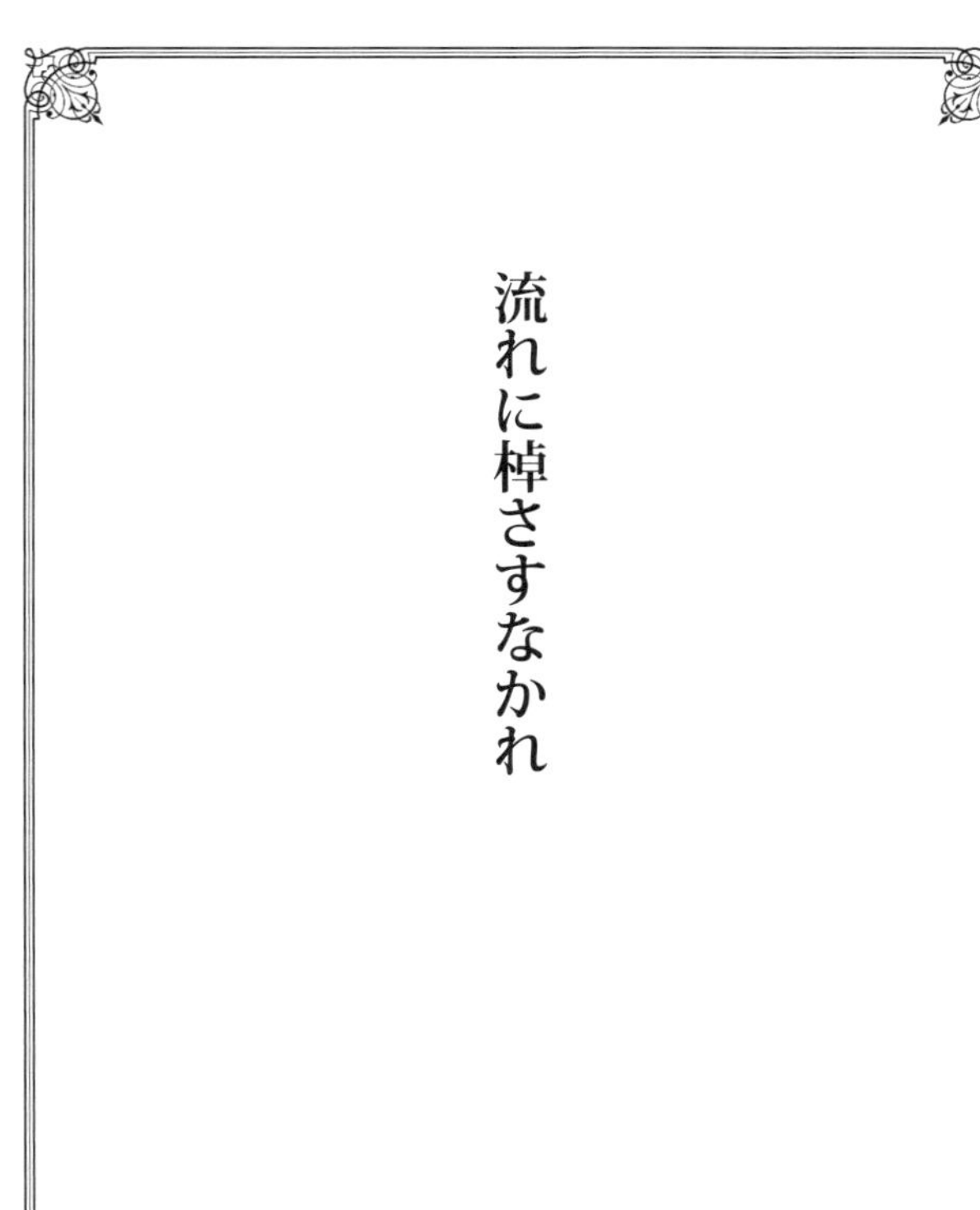

流れに棹さすなかれ

波間のそよ風

昭和四十九年の暮れに、この土地に未来を夢みて来た。毎日内職しながら頑張った日々。子どもたちに友達もできて、遊びにも行く、来てもくれる。小学校に入学してからは外で遊ぶことの方が多くなった。

我が家にお昼寝に来る人が二人いた。一人は斜め向かいの会社で賄いをされているおばあさん。玄関から、「奥さんおるけんねえ！」と声が聞こえたかと思うと、もう上がってこられる。座ってテレビを見ながら仕事をしている私の横で、お昼寝をする。

「お茶はいらんけんねえ！」と言い、私も何も気遣うことをしないので来やすいのだと思う。おばあさんは、週一回は大阪の息子さんに電話をする。

そのうちに夫の正雄が運んでくれていた私の内職を、自分にもさせてほしいとのこと。スープの冷めない距離に娘さんがいるのに、「ここはいいけんねえ、涼しいていいけんねえ！」と言う。それもそう、我が家は静かで、お昼寝には快適な場。

もう一人のお昼寝の来客は、息子の友達。いつ遊びに来ても、息子が別の友達の家に行って、いないので、上がって待っているうちに寝てしまう。そして、夕方になり、帰っていくのだ。

内職をするようになり、ご無沙汰だったおばあさんが久し振りに来られたが、どうもいつもと違い、娘さんの悪口が出る。娘さんが賄いのお仕事をするため、おばあさんはどこかに転居されるのだ。どうしたことかとTAさんに聞いてみた。息子さんがお金を借りていたという。ちゃんと返済されているのにそこまでしなくってもいいではないかと思うが、内職をしてくれていたので少し包んで差し上げた。

娘さんが来て、四国から送ってきたみかんをくださった。それはいいけれども、おかしなことを聞かれる。「うちのおばあちゃんやか、お金持っとるようなかいね！」と。

私が知るわけもなく、持っておられるでしょうと答えておいた。我が家でお金でも借りていはしまいかと心配してのことなのか。

我が家も正雄の会社が閉鎖になったが、運よく、すぐに他の会社に勤務できることになった。お給料がずいぶんと多くなったことはなにより嬉しいこと。私も楽になってきた。そのうち、婦人部にも入会した。茶道教室に行くこともできた。それでも内職は続けていた。

おばあさんが引っ越しをされたあと、娘さん（と言っても六十歳近い方なのだ）から急に、一時間でいいから賄いの仕事を手伝ってほしいと言われたことがある。

昭和五十五年頃から、お隣の店の方が、手が足りないので来てほしいとのことで、行くことになった。お隣だから、子どもたちも顔を出しやすい。息子も小学校に入学、娘も四年生。この頃より世間の声を耳にするようになる。

その店のご主人が言うのは、外国人差別だけではなかった。

男というのは、お金があれば誰に遠慮することもなく遊びもする。ローンがあるのでほどほどにと思うが、会社の旅行でも、早くから鼻歌をうたって準備している正雄を見ると、不快にもなる。女性と遊んだあとには、「あんなのがいい！　こんなのがいい！」と言う。

主婦は子育ての大きな仕事が続く。それに仕事と家事があり、主人だけが楽しむのでは不満も出てくる。

そのうち、正雄が姓名鑑定に行ってきた。帰ってきた正雄は言う。

「わしの名前は良い名前で、お前はわしの良い名前に救われているんや！　これからお前はますます悪くなっていく」と。

　まるで暗示にかけられたようなもの。心穏やかに過ごせるわけがない。

　私はそれならばと、同じ鑑定師のところで正雄の名前を調べてきた。口ごもる先生。正雄は、勝負にこだわりのあるとのことだった。本人の前では悪く言えないということは鑑定師もお金儲けということになる。

　正雄は、私の名前を「さんずい」にするようにと言う。正雄が言うには、さんずいの文字の名前の女は強いらしい。私は名前の文字をさんずいにするまでもなく、正雄のおかげで強くなってきたと言える。

　婦人部の名前も、幸か不幸か正雄が命名したもの、その名も、「ゆかり会」である。

　この婦人部でお話したことが問題というか、誤解されて伝わってしまった。

　お産後のつらい思いをした時の話だ。医師は落ち込んでいる私を励まそうとしたのか、「いいオッパイしているね！」と褒めてくださった。小さなオッパイは母乳がよく出ると本で読んだことがある。私は、出てくるのが自然とわかった。何もしなくてもピューと飛び出すので、乳飲み児は吸う前に口を開く。口の中いっぱいになるとゴクン！　と飲み込む。夜はタオルを当てないと母乳がこぼれてしまう。逆に巨乳のママさんは、底にたまるので絞り出すのに痛む。しかし、そんな巨乳は殿方には喜ばれるというメリットは大きいと言える。

正雄はいつもの冒険癖が出てきた。今度は会社勤務をしながら、ある方を社長にして共同経営をするという。私も手伝おうかと言ってみたが煙たがられた。その会社の手伝いは、私の知り合いに来てもらうことにした。

共同経営はうまくいかないもの。そう長くは続かなかった。

社長は家を抵当に入れてでも会社を大きくしていきたい考えだった。正雄は危険を感じたのか、先に手を引いた。一応はスポンサーということだったのに、正雄にそれほどのお金はない。正雄が我が家の大黒柱なのに、「家内がこう言う」と、いつも私のせいにする。

その後、社長が一人で続けていたがうまくいかなくて夜逃げをしたと、知り合いから聞いたのは何年か経ってからのことだった。

昭和六十年に正雄は会社を辞めてしまったが、一ヵ月後に再就職はできた。私も十月から食品会社にパートで勤務することになり、娘は年末に郵便局へアルバイトに行き、お小遣いかせぎ。皆が働いているので、六十二年七月にはインバーターのエアコンを購入した。

この年のある夕方、息子は塾からの帰り、農道を自転車で走っている時に軽トラックと接触した。警察に届けず、相手に病院に連れていかれた。幸い、大きな外傷はなかった。よりによって主人と同姓同名の方だった。十日後、朝起きてきて、眠っていても後頭部が固くて痛むという。様子を見ていたが、そのうちに治った。

息子は学校のトイレでも後頭部を打っている。その時はしばらく意識がなく、授業に戻ってからも何が起きたのか、まったく記憶がないという。倒れた原因となった相手に「ゴメン！」と言われた声だけが記憶に残っていた。後日、先生は相手の生徒を連れて謝罪に来られた。

昭和六十三年、娘は短大へ。息子は、友達と一緒に行きたかった学校があったが、「そこは校風が自由なので流されやすい子どもにはどうか、真面目な進学校に」という先生の勧めで、進学校を受験。合格して通うことになった。だが、悩みもあり、不登校となった。一時期、心因性の不調になっていたのだが、一度もお薬は飲んでいなかったし、初診と休学するための診断書を取りに行った時だけ病院に行き、通院はしなかった。大検を受けるために頑張って勉強をしていた。

八月には死産した子の十七回忌をした。

九月、親戚の結婚式で実家に帰った時、母は私が厄年だからと五万円もくれた。

この年の六月、二年八ヵ月振りに、正雄のかつての共同経営者から電話があり、その頃からいろいろな問題も起きている。自治会長さんを知っていると言われ、私家のことを話しておいたとだけ言われた。

十月、田舎から帰って来た時、遠くの派出所から電話があり、正雄と二人で行くことにした。近くの電話ボックスに我が家に関するいたずら書きがあり、届けてくださった方がいるとのこと。事実とまったく正反対の内容が書かれていた。


平成元年二月、瓦職人が入る。のちに雨漏りの原因がわかった。瓦ではなかった。

春休みに高校二年生の息子を連れてディズニーランドと原宿に行ってきた。

平成二年、娘の成人の日、プリンスホテルで食事会をする。そのすぐあとで、娘は以前、足の複雑骨折をした時の金具を外すために一週間の入院をした。

五月、貸していた家が空き、娘がそこで塾をすることになった。また、家庭教師に行って自分のための生計。

平成三年に娘は結婚。息子は専門学校に入学して、二人とも落ち着いてくれた。八月には正雄と私、息子の三人で正雄の実家と輪島に行く。

平成四年、正雄は二級建築士の資格を取るために毎夜八時過ぎまで頑張っていた。その頃、私は娘の家の子守りをするために電車で通っていた。朝のうちに夕食の準備をしておいて、週三回、娘むこが帰ると同時に急いで帰宅する。だが、ちょうどいいバスがなかったので、買い物した荷物を肩に掛けたりぶらさげたりで、四十五分間ぐらい歩いて帰った。正雄は図面作成で疲れていたので、迎えを頼むのはためらわれた。

お正月には、正雄と息子、私の三人でお伊勢参り。一月十日、正雄と一泊旅行。二十五日、息子は学校からグアム旅行へ。

五月、正雄と九州旅行。

十月、正雄は勉強を頑張りすぎたつけがきているのか、目が回るという。検査をしてもらう。その後も目まいと吐き気がひどく、自分から救急車を呼んでくれと言うので、息子が呼んでくれた救急車に乗り、入院となった。

平成五年、息子は卒業した。八月四日、娘の家の棟上げ。

息子が車を買ってしばらくした頃、夕方、無灯で停車していたため、後ろから機動隊の方の車がぶつかってきた。息子が若かったので正雄が対応をした。息子にしてみれば、ちょうど買い替えの時期だと考えていた矢先なので、部分的に修理をされたのが、かえって不満のようだった。

正雄の身内の葬儀に二人で出席して帰ってきた日、事故の相手が上司を連れてこられたが、私は忙しくてどんな話をしていたのか詳しいことはわからない。とにかく示談を急いでいるように見受けられた。

上司が「この者の家内は、今妊娠中で」という話をしたが、事故と関係のないことではないのか。お金がないと言いたいのだろうか？　息子は一応病院には行ったが、多少の痛みがあっても事故とは関係ないようだと、病院の先生も看護師さんも笑って言われたと言っていた。

平成六年、墓地の下見に行く。五月、正雄が海外旅行へ行ったので、その間に娘の家族と息子、私の五人で隠岐の島へ旅行。

十一月は私が腸の検査をしている。異常なし。

食品会社に一緒に行っていたお連れのTAさんはこの頃よく病気の話をしていた。送迎バスで来るパートの奥さんがいつでも高級服を身にまとっているのは、遊走腎（腎臓の位置が動く状態）で何でも食べることができない人だから、食費が服に変わるのだと言っておられた。

また、友達のご主人が海外赴任ということを私は知らなかった。

「〇〇ちゃんな、肝炎で入院してたんや。その仲良かった上司も肝炎なんや！」

ご自分のお母さんや兄姉が風邪で亡くなったことなども話されていた。

続けて不幸が起きることは珍しいことではないだろう。どこでもあることである。

息子は働いていた会社の方が岐阜県の山から獲物をとらえてきて、仕事場の奥で何かされているのを見せられたと言っていた。何とも怖いところだと思った。その後この社長は車の販売のお仕事をされるようになり息子は二台もいらないのに赤い車を購入してきた。

平成七年一月、大地震が起きる。二十七日、お見舞金五千円を出した。

私が「ゆかり会」でお話をしたのは、昭和二十九年頃からのことだ。

父がお酒が飲めない人なのに付き合いで無理をして飲んでいたせいか肝臓を悪くし、肝硬変になり腹水がたまったという経験だ。亡くなった時に病名がわからなくて、調べてからわかったのだ。

息子が頭の毛が薄くなったと悩んでいた時期があり、それも変な噂話が息子の耳に入ってしまいストレスかもしれないと思った。

私の同級生の妹さんが、何か悩みでもあったのだろう。円形脱毛症になり、カツラをつけていたということだ。しかし、その後きれいに生えてきたのは、喜ばしい情報だ。

就職して初の慰安旅行の宴会の席でのこと。岩手出身の美人の方が、お酒の勢いで、「うちの父ちゃんはハゲ頭、ドンドンパンパンドンパンパン、どちらもケガねで良かあったね」と歌の話をした。

私が子どもの頃のことや小学生、中学生の頃に印象に残る映画、ラジオの話をした。『にあんちゃん』は、とても貧しい生活が描かれ、記憶に残っている。認知症になられた方が年賀状を何枚もくださったお話もした。

平成七年一月、震災の日に息子は仕事を辞めた。正雄は自治会長のお役をいただいた。私はこの頃に差し歯の色が悪くなり、隙間があり気になっていたので、取り替えるために歯科医院に行った。新しいものに替えたあと、噛むと痛くて熱も出るし、大変な怖い思いをした。根元が割れているからと抜歯。差し歯ではなくなったのだ。

口の中が熱いと言うと「二万人に一人の病気だから紹介しようか」などと検査もしないで患者が不安がるようなことを言う医師とはいかがなものかと思う。

六月二十一日、孫を連れて姉の家に行く。帰ってくると正雄は寝込んでいて、私の声を聞いて飛び起きた。病院へ行ったと言っていた。お土産を持参した時、お向かいの奥さんがとてもテンションが高く、おかしかった。息子はどうしたかと聞かれるので、仕事だと言っておいた。

翌日、私がフェンスに吊るしている花に水やりをしていると、Rさんが来られて、とても妙な顔をしている。私は主人が花に興味を持つような年になったのかと思っていたのだが、とてもおかしい。正雄は、自分にはそんな興味ないというのだ。ご近所のCご主人に聞くと、「宗教がそんなことはせんぞ！」とのことだった。もう一度正雄に聞いてみると、鉢だけは買ってガレージに置いたというのだ。

宗教の方が電話をしてきて、面識のない方からフルネームを言われた。「お家(うち)にきれいなお花がありますね。奥さんって痩せてはりますのん？　うちにも障がい者がいますねんけど、頑張ってお仕事行ってますねん！」とのこと。

まるで我が家に障がい者がいるように聞こえる。正雄に話をすると、そんなもんは社交辞令や！　と言う。バカな。

痩せていると言えば、ある委員の奥さんは、「あんたはん、ほんにほんに痩せてほんになぁー」と言われ、「普通は本人の耳には入らんもんやけどなー」とご自分も言っているも同然だ。

美容室でのこと。美容師の先生と息子の同級生のお母さんが、海外旅行に夫婦で行ってきたと話すのを聞いていた。うらやましいとも何とも思わない。財産もお金もある方なんだから、行って当然と思って聞いていた。

そのうちに、「家の前に日陰になるような大きな家でも建てられたらわや（台無し）やなあー」。「そんな人、友達やない！　友達やない！」と言って笑っている。その奥さんの帰ったあとに毛染めをお願いした。

先生に新聞記事の話をした。家具店に賊が入り、その時使われた車が関係者しか知らないようなところに乗り捨てられていたため、警察は元社員でお金遣いがあらくなった人はいないかと調査しているという記事の話をした。かなり以前のことだ。

私がこのお話をするよりも前には、ご近所のお店の男の人が家に来て、○○さん家のことを警察が聞き込みに来たが、今どこで働いているのか知らないかと聞かれた。

毛染めが終わって帰ると、息子から毛が赤すぎないかと言われたので気にかけていた私は、翌日会社の方に赤すぎるかなと聞いた。返答はなかった。数日後に近所の奥さんは家で染めはったらいいよと言う。私がどこで染めようが私の勝手、いちいちうるさいのよと心の叫び。

会社での話が宅配便のように、なぜか近所に広まってしまう。会社で、いやらしい話や、変なしぐさをする人がいる。私の名前と同じ人形があるとか、可愛らしいとか、何か変だとか、裏の方で私のことを言われている気がした。バス停ではどうしたことなのか、会社の男性が車を停めて乗せてくれる。こんなことが二回もあった。何かの罠にでもかかったのかな？　と思うこともある。

家に赤貝を持って来てくれた友達は、男は男でも子どもだよね、そうよ四歳の孫を連れて、旅行にいったのよ。会社では「あんたんちは親子で寝てるんか？」と言われたこともある。何とも失礼なこと。だいいち、息子はちゃんと恋人のいる大人の男だ。彼女がいて、犬のリッチャンと三人でウインドサーフィンをしたり、遊園地にも行ったりしている。

会社の男の人が救急車で病院に行ったらしい。「頭はいいけどなあー」といつでもこんな言い方をするＴＡさんだった。

また、ＴＡさんが信頼していた会社のお姉さんの入院は長くなった。会社の人たちもお見舞いに行ったそうだが、面会できなかった。ついに亡くなって、その方のお身内は亀の飾り物を会社に寄贈されていた。

とにかくこんなおかしなところにいると誰だって少し変になる。噂されている人間は一人なんよ。噂している側は楽しんでいるのでしょう。その人たちにとっては笑ってすませることでも、私はすませられない。相手の立場になって物事を考えるべきだろう。

ある宗教の方二人とお店でバッタリ出会った。私が会長さんのある話をしたら、皆が私におしゃべりをして、私の反応を楽しんでいるんじゃないかと言った。

九月に初めて、娘の友達のお母さんが花を売りにこられた。いただいたお花もある。敬老の日のお花も買った。そのうち、来るたびに変なの。自分の娘たちについてあれこれ言う。最後に来た日は怖い顔をして、「カバン！　カバン！」と抱えこむ。トイレにも行かないで帰っていった。

敬老会の打ち合わせの日、福祉同和の方と詩吟教室の方、副会長さんの三人がいらした。副会長と正雄は真面目に話を続けているが、二人の方はふざけている。笑って、「外国人が商売するには、銀行もお金を貸すのに証明がいる」とかなんとか、関係のない話をする。

別の日に、この福祉同和の方は、「それだけしゃべったら難儀だよね。更年期なんて言葉はタブーだ！」とも言うが、私は何も話してはいない。詩吟教室の生徒さんが、山の柿を持ってきた。食べられるようなものではなく、飾って楽しんだ。

この方が、同じ教室の生徒さんの家にドロボウが入ったという話をしていた。「奥さんはおけいこごとに行ってはったとするやん、ご主人一人の時に宝石が盗まれた」とのこと。

平成七年の運動会の頃、Oさんちにドロボウが入ってテーブルのカレーライスを食べて行った。ここいらにいるや知れん、めったなことは言えん、大きな声では言えん、誰ぞ聞いとるや知れんなど、何とも妙な言い方を聞いた。

副会長さんは、「奥さん、聞こえるから戸を閉めて話をしよう」と言う。ギブアンドテイクとかお米の話まで、Cさんは溝掃除しながら「聞き耳を立てているもんがいるからね」と言う。

会社の跡地に新築をした若奥さんは、姑さんが口うるさいので、どうしても神経質になってしまう。玄関に出て来て、仁王立ちして、私の息子を睨む。息子はガレージで音楽をかけている。若奥さんはドアのカギをかけたり開いたりと少し神経質に見える。

息子は「なんやねん！　なんもない」と返した。それを若奥さんが姑さんに伝え、姑さんが来て、息子に向かって、「ヤクザや！」と言う。それに対して「おお、ヤクザやぞ！」と売り言葉に買い言葉となった。いつの間にか会社にまでそれが伝わってしまった。私がトイレに入っていると、ＴＡさんは、おおヤクザやぞ、ヤクザやぞ、と掃除のおばさんに話をしていた。

宗教の方で我が家に来ていたＯさんは、うちの自治会長の奥さんの実家はヤクザなんよ、と関係のない話をした。とにかく度が過ぎる。

ヤクザ騒ぎの原点はこれよりも数年前のことで正雄が営業をしている頃にお昼帰って来て家の前に駐車していたことが若嫁さんの気にさわったことからだ。

お米屋さんがお米を持ってきた時には、自宅の物干し場に干した下着をドロボウが盗んでいったと笑っていた。手前に奥様の下着があったが、それではなく、奥の娘の下着だけが取られたとのこと。

パートの友達がいつも仕事場に袋をさげていくのを、「あの中は通帳なのではないか」と言ってみたり、娘の家に行くと老眼鏡をかけて髪の毛を拾って歩くので、娘が「お母さんいやらしい、と言うんよ」とか。また、Ｐさんは、ドロボウはお金のある場所が匂いでわかるなんてことも言った。大量にあれば匂いもするだろうが、一般の家庭のお金なんて匂うわけもないだろう。これと同じことを十数年後に昔の社宅の方が口にした。

Pさんは、「あんたな、○○さん家にドロボウが入ったらしい、ドロボウとはち合わせて、あんた誰？　と聞くと、フルネームで答えたんやて」と言う。Pさんのご主人は、「ドロボウが自分で名のる者はいない、将来のある息子やのにと言って、相手の家に注意しに行ったんや。その話を向かいの奥さんがあんたにしなかったか？」と聞かれ、私は何も聞いてはいないと答えた。

退社するつもりで衣類を持ち帰った。名前で何かわかると言うので民生委員に話しに行く。その方は自分も昔、苗字のことで悩んだと言った。

会社から電話がかかってきたが孫が生まれる日だったので子守りがあることを伝えた。

十月二十六日、孫が誕生した。知り合いから会社からの預かり物を持って行きたいがいつがいいかと尋ねられた。十一月に入って第一の日曜日頃にと約束しておいた。

二人の方が来る。裏の家のこと、犬のこと、台所はどこ？　二階は二部屋はあるよな、などとなんだかおかしい。和室をのぞいて「きれいにしてるやん」と言う。その時に仕事仲間が家を売りに出しているといわれるので、一度見に来たんよとトレセンの方が私に話された。別の奥さんは「Sさんところ、結婚するんや。仕事仲間の家を見に行ったらしい。中古買うのに〇百万円ではな、銀行も貸してはくれん」。こんな話も聞かされた。

仕事仲間の家が売りに出されているのをチラシでは見たのだが、皆さんが見にこられたなんて知らなかった。

十月には正雄は仕事を辞めている。十一月末には老眼鏡を購入した。十二月にはゆずの化粧水を作った。仕事仲間はあんなぬるぬるしたものをと他の人には言っておきながら、本当は自分も作りたいようだった。私は何度か作り方を会社で話しているし、その人も知っているはず。

平成八年に入って引き継ぎのことで三人がこられた。次期会長は副会長がしゃべってはならない、会長に対して絶大なる支援と協力をと言っていたのだが、お役を前にして風邪をこじらせたのか亡くなられたのだ。

二月に法教新聞を取った。俊成会の保険や月刊誌は五月頃まで。孫は入園。六月十五日、税理士の無料指導日。九月より上伸を始める。息子が会社に勤務するようになるが、ここでも外国人の話が出たとのこと。「辞めさせる方向に持っていくんだよ」と言っていた。九月八日には昔の会社のOB会に出席。二十五年振りぐらいなのに皆さんの発言がおかしかった。「借金は！　借金は！」とか「若いエキスが入ってるから肌つやが良い」とか、変なことばかり耳に入る。息子は犬の散歩の途中で認知症のおじいさんを連れて帰ってきたりしている。

平成九年の五月、犬のリッチャンが事故に遭った。私が気落ちしているのを気遣って、息子は「なってしまったことは仕方ないやか」と優しい言葉を掛けてくれた。十月にTAさんは亡くなられた。癌とのこと。

平成十年二月、息子が指にケガをし、労災保険が二ヵ月間出る。

平成十一年八月、息子と娘、孫二人と○○寺の山でアウトドアを楽しむ。川で泳ぐ。

帰ってきて、その話を畑でCさんにした。Cさんはうちはそこ出身と言ったので、「いいとこやん！」と言った。同じ住宅のご主人が、私が畑仕事をしている時にこられたので、「Cさんて○○寺出身なんやね」と言うと、ご主人はケタケタと笑う。家に帰ると、もう、それがCさんの耳に入っている。家に走ってきたCさんから抗議される。私の頭の中は真っ白。何も覚えてはいない。その山のことは本でよく知ってる。差別してはならないと思う。息子までが知っている。Cさんに騙されている。副会長がしゃべっていると息子は言っていた。

のちにCさんの娘さんは息子のお参りに来た時に、お母さんに内緒で来たと言う。お墓のお話が出て、自分は○○出身とのことだった。お母さんとは娘さんが幼少の頃からのおつき合いで、ある時、「言うにも言われぬ苦労をしてますねん」と私に話された。私の出身は田舎でも奥深い山ではない。この頃、Cさんのご主人は、私の家と付き合うのには気をつけよ！　といいますねんか。どうも向かいの奥さんが二回も呼び出され、話を聞かされていたようだ。何のことなのか？

犬を散歩させていると、娘の同級生のお母さんに会う。「うちは養子ですねんけど、出て行け！　言わはりますねん」と笑って言う。あまりお話をしたことのない方だ。本当にそんなことを言われているのだろうか？　正雄は時々、朝から「出て行け！」と大声を出しているのだが、漏れているのかな？

会社でも、同じようなことを言われたのだ。奥さんの声は聞こえないけども、ご主人がまるでヤクザのようで怖いと言う人がいた。詩吟教室の生徒さんは、大きな顔をして我が家の前は通れないと私に言ったのだ。
九月十二日、正雄の草刈りの手伝いで疲れて休んでいると、今日はOB会だった。欠席した私に電話があり、出ておいでよと誘われ、息子の車で駅まで送ってもらう。OBの一人が私の顔をじっと見ている。友達が詳子ちゃんは冷え性なんや、と言ってくれているのだ。その後、OB会の五人でファミリーレストランで夕食をとることになった。

平成十二年はあまりおかしなことが多いので、正雄の車で娘のところへ子守りに行っていた。工事に来ている人も言うことが失礼だ。犬は飼い主に似て、よう食べるから出すものも多いだろうとか。土日は家に帰っているので留守の間にされたことなのか、郵便受けのところに小さな白い花を咲かせるブライダルベールの古い鉢がぶら下がっていた。おかしいな？　スーパーでは私を写真に撮っていく人がいたのだ。それが気になり、スーパーに電話をかけると、昨日は店内撮影をしていたとのこと。よかった。自分の顔を写されたのかと被害妄想になる寸前だった。Cさんに聞いてみると、「奥さんはきゃしゃやから男が世話したくなるんよ」との返事。私は誰かが逆恨みしているのではないのかと思っていた。

平成十三年、下の孫が幼稚園に行くようになった。お役も回ってきている。隣町に五月から働きに行くことになったが、初日から噂を聞くことになる。週に一回は孫が早く帰ってくるので仕事を休んで歯医者にも行き、子守りもしていた。

「養生しはったらよろしいわ！」と言われたので、うつ病ということにされているのかもしれないと思った。

十三年は公民館の件とかいろいろとあった。近所の若奥さんは、玄関前にサフィニアの花、白と紫に近い色の花を見事に咲かせていたが、その大きな鉢がなくなったとも言った。あんな鉢を二鉢も手で持って行くことはできないし、自転車もどうかな？と思ったから、自動車で持って行ったのかねぇと言っておいた。組長会にはブライダルベールの鉢を持って行って話をした。

福祉同和のお話会の時に、「七つの子」の歌詞の「目」を「顔」にして替え歌にしましょうとの提案があった。かつて、有名俳優が盲学校訪問で「丸い目をしたいい子だよ」というところを、機転をきかせて「顔」にして歌ったという話があるそうだ。目で良いのではないか。今は「障害者」ではなく、「障がい者」と書くように訂正されている。その教えは正しいと思う。「目」の歌詞が障がい者に悪いなんてことはないだろう。またこの日は、ある影絵が老婆に見えたり娘に見えたりと、人により見え方が違うという話し合いもあった。

平成十四年、Cさんが組長の年なのに、前年に手術をしたあとの経過が悪く、一年先に担当することになったようだ。体がきついので畑を半分使ってくれないかと頼まれた。その半分を耕していると、土の中からお薬のカラが出てきたので、ご主人の薬なのか奥さんの薬なのかと思っていた。

Cさんにトウモロコシの苗をあげたのだが、ちょうど食べごろになった時、Cさんの畑のトウモロコシが倒されていた。踏まれたあともあり、人間がしたかのようだ。私も田舎から帰ってくると草がひどいので、草引きのあと、畑に行くと、見事に倒され、エンドウ豆の中身が食べられていた。カラスが歩いているのも見た。やはり犯人はカラスだ。

畑に鶏の羽根ばかりの肥料をまいていると、息子の同級生のお母さんが来て、これは何かと聞かれる。それほどに質の悪い肥料なのだ。どこで買ってきたのかと聞かれたので、以前、中学校の前の畑を借りていた頃にCさんから教えてもらって、正雄に買ってきてもらったんやけども、と答えた。最近フンが不足しているのだと正雄は言っていた。

私がチラシのポスティングをしていた頃に、Cさんは、意味のわからないことを言ってこられた。どうも年金の話のようだ。「うちは二十万かっきしもろてます」と言われるので、私は息子が生まれる前から国民年金は任意で掛けているからと言うと、「いいですやん！」と。まるで私がCさんの家の年金のことを話題にしているかのようだ。正雄に話してみると、よその家の年金なんてどうでもいいと。私も同感よ。私が気になるとすれば正雄の年金だ。

Cさんの家ではご主人が事業に失敗し、何かあったようだ。Cさんが今日あるのは主人の兄嫁さんのおかげだと言われたが、意味がわからなかった。私が知っていると思っての発言か？　何にしてものちのちわかってくるものだ。Pさんの話では、いろいろとあり、娘さんはお世話するが奥さんまではと断ったと言われた。兄嫁さんのお世話でどこかに匿ってもらったらしい。

その時にPさんは年金も掛けとらんかったらしいと言われたが、私は誰にも話してはいないが、私が言っていることになっているのかもしれない。

十四年八月二十九日息子の愛犬りっちゃんが亡くなった。頑張って働いていた頃で、葬儀料六万円は自分で出したのだ。正雄、私、息子の三人でお参りに行った。その後も息子、娘、孫と行った日もあり、息子一人で行くことも多かったようだ。色々なことが重なり、この頃より特に気落ちして来たようだ。

平成二十八年十二月三十日の新聞に自殺した子どもさんの父親の言葉が掲載されていた。「冷やかしやからかいなど暴力を伴わないいじめでも人は死ぬんです。教育現場は暴力を伴わないものはいじめと認識できていない」と訴える。

SNSによる中傷の書き込みで、お風呂に入るのも忘れ、SNSに没頭していた娘を亡くした母親の声もあるのだ。隣町で悲惨な事件があったのは昔のことなのだが、私は今でも思い出す。当事者の家は、大きい御殿のような家であった。正雄はその家を八方ふさがりの建て方だと言っていた。屋根が八方の方向に建てられた家だからなのだろう。今その家はなくとも人々の記憶は残る。差別をされてきた中学生が犯した事件だった。

子どもたちは幼い頃から大人の茶飲み話を聞いて育っているのだ。大人のていたらくなのだ。お笑いの世界でも楽しそうに人をからかっている。その姿を見て笑っている様子は悪いこととは思えないのですよ。

今年、オバマ大統領が広島に来られたあの平和公園に、場違いと思える人が横に立っていた。いつでもオバマ大統領がボタンを押せるようにとのことなのだろう。

ネット上での悪口などの書き込みはこれからも続くだろうから、それに応じるか否かは自分の考え一つなのだ。ボタンを押すのはあなたなのですよ。私はネットとつながっていないと思って認知症予防のためにパソコンをしていたが急に「警告」と出たことに驚く。あわててしまった。私はパソコン操作を間違えたのか、セキュリティの問題なのかわからないが……。しかしながら誰かに頼まれたとしても自分の考えを持つことが大切だろう。ネットをしている人と、していない人との違いは、不平等だ。

これからネット社会による新しい病気が起こりうるのは明白。目の酷使、運動不足で脳の一部しか使わないことにより視力も弱まり、精神的にも問題が起きてくる。

高速で生きる現代人を全面否定するわけではないが、そんなAさんの生き方も半分、ゆっくり生きるBさんの生活も半分、それがベストだと思える。時には自然の中で、アウトドアで過ごす時間を取り入れなければ、本来の人間性が失われて病気になってしまうだろう。病気にならないように高血圧のリスクがあったとしても生活習慣をただすことに勝るものは何もない。

平成十五年五月、父の五十回忌で実家に帰った。知り合いから良い話があると言って、正雄と私を誘ってくれたが、行くと変形マルチであった。変形でもマルチはマルチ、お断りをした。息子までが大阪にマルチの話を聞きにいかないかと誘われているとのことだったが、息子はマルチのことは学校で習っているので、実印にも慎重だった。その後、マルチに誘った人が家に来た時、上まぶたが両方ともに青かった。内出血のようなので心配していたが、近くの病院に行ったようだ。相当頭は痛かったようだった。クモ膜下出血で重体という話をあとで聞いた。奥さんにお見舞いだけには行ってきた。どうされていることやら。

「ご主人は病気になられる前、私の家に来るなり、「男やない！　どうしようもないオバサンが一人だけおる」と意味不明。書き込みのことなのか？

近所の奥さんにしても、我が家を見てけげんな顔をしている時があった。ダイニングの流し台のところからよく見えるのだ。電柱の上でカラスがビワの実を食べている。食べカスが落ちているのを掃除しているのだが、奥さんにはわかっていない。誰かのいたずらと思っているようだった。汁もタネも皮も落ちているので、私もなんなのかと思って見ていた。何にせよ現行犯ではないのですからね。いつかも向かいの車がいたずらされていたようで警察が来ていた時があった。七月は近所の奥さんが大阪に引っ越していった。

平成十六年になると、その家は新しい方が入った。四月から家をあけていた息子が二ヵ月振りに帰ってきた。私もこの年は義兄が亡くなり、しばらく田舎に行っていた。以前、私にもっと食べ、もっと食べと言った昔の会社の人が癌で手術すると電話がかかってきたので、お見舞いに医大まで行く。息子がしばらく離れていたことは言ったが、詳しいことは何も話してはいない。日曜日の選挙のあとだった。

ご近所がいっせいに無視すると息子が言う。確かに以前は、大声で笑顔で息子に声を掛けていた人たちが無視をするのだ。たった一人が無視をするのとはわけが違う。何か誰かに頼まれたとしても、一人一人の考えをお持ちではないのでしょうかと言いたい。

この頃より悩みも多くなり、息子は車の中で寝る日もあったりで心配が増えた。

息子は平成十七年、正雄の母の命日に家を出て、独り暮らしを始めた。

私はストレスで検査入院となる。八月、クリニックの医師は、「お母さん、（息子さんに）振り回されないでくださいと言った。これが医師の言葉なのだろうかと感じた。

十月四日、息子は帰らぬ人となる。その後しばらく時間が止まったかのような日々が続く。それでも娘の家族が誘ってくれるので、天橋立にカニを食べに一泊で行ったり、十八年には北京へなど息子の写真を持参しての旅をした。

あまり「やいやい」と周りが言いすぎると病気になってしまう。何も言わないのも良くない。病気にしても五臓六腑は大切と昔から言う。自分の不摂生でのリスクを作ってしまうことのないように、また、家系のリスクがあれば知った上での健康管理が必要だろう。一病息災というように、弱みが一つぐらいある方がよいのかもしれないが、病気のデパートにはならぬように心がけたいものだ。

宗教に入会している頃に、この地区を担当させていただきますと言ってきた方の家で法要があった際には、自分が確かに入れた五百円玉が袋に入っていなくておかしいなと思った。周囲を見ると一メートル離れた窓側に硬貨が見えたが、まあいいやと、もう一度百円玉を入れたこともある。

会社でも、あんたがいた時になくなったんや、そやそやと言われる物は取るに足りぬ物ばかり、スプーンや缶の蓋。仕事仲間に話をすると、そんな時は「このスプーンは買って来たんやで！」と言うようにと教えられた。

娘の家の近くで、この宗教の人たちが催しごとをしている時、孫と出席した。

障害物競走の時、紙に書かれたものを見ていると、孫がいるので遅くなってしまった。うしろの方で「字が読めなかったりして」などと言う人がいた。

また、住宅の方でトイレの工事で来てくれていた方は、私を旅行に誘ったり、手の届くところにいるのにすることができないと言って笑っていた。

保険の集金に来た奥さんは、病気でお薬をずーっと飲んでいるのよと言い、年齢を何度も聞く。そして、妙な顔をする。私が留守をしていた時は、正雄と出掛けていたと話しても、車があったと信用してくれない。「まあ、いいけど」などと言われる。

そうかと思うと、ボディスーツを着用すると良いとか、スカートにすると良いとかと勧め、尿素で作った化粧水を持ってきたりして、今まで面識のなかった人なので、とても妙な感じがする。

娘さんの家の横に止めてあった軽トラックが盗まれたとか、集金と関係のないことばかり。その人が京都の病院で乳癌の手術をしたため、集金に男の方が来た。その後何年も経過して集金に来た男の人に聞くと、奥さんではなくご主人が悪いとのことだった。

その頃も、昔同じ会社にいたももちゃんは裏で動いていたのか定かではないが、本を出版してからは、正雄と私が一緒にスーパーに買い物に行っているのに、レジで仕事をしているももちゃんは気づいていない。ももちゃんが正雄の名字を呼んでいたが、耳が聞こえなくなっていた正雄には届かない。正雄の近くにいたスーパーの人が「○○さんが呼んでいますよ」と正雄に教えておられた。

こんなこともあった。この地域には幅を利かせている人がいて、「ゴミ袋の底に汁がたまっているから、あんたがあの人に言ってきなさい」と言われた。年下の私はその通りにした。「ここは入り人が多いので遠慮ということがない！」と指示を出した奥さんから、私が叱られたのだ。

地元の方でも、散歩中に出会うと、私のオッパイわりと大きいとか、聞きもしないことを言う。息子や仕事仲間が亡くなった時に笑っている人もいた。いい大人なのに。人の不幸は蜜の味ともいう。悲しいかな、それも現実なのだ。

ある男の人は罪づくりをした人がいると私に言った。思想家の田辺元様は「死者はただいなくなったのではない、生者が呼び求めるのならば死者はいつでも生者とともにいる。死しても生者を導こうという広大な愛を持つものこそ大乗仏教の菩薩だ」と言われる。

思い出せば切りがない。以前、夜にどなたかわからないけれども正雄が電話に出ると、「○○さんの奥さんが男の人の車に乗って出掛けた」と同じ組の人の噂だった。正雄はいらないお節介やと言っていた。その話をしたら、もう本人の耳に入っていた。私にどう思うのか？　と聞くので、「奥さんが男勝りにお仕事されるからでしょう。そう思ってくれる」と言われた。

この奥さんは私の娘のことを可哀想にと言う。なぜこんなことを言われなければならないのだろう。平成七年のこの時、すでに結婚もして子どももいるし、家まで建てているのに……。あんたは自殺でもするんじゃないかと言う。別の日にここのご主人は、当時ヒーターを使っていたのに、古いストーブをあげようかと言ったりされるのだ。

同じ組のご主人は、私の四歳の孫がホウキを持って遊んでいると、「将来は掃除屋さんか？」と冗談を言う。二人目の孫の子守りをしていると、このご主人は、「○○さんがお孫さんだって」と言って笑う。副会長さんはご自分よりもかなり若い方のことを、「常識から言うと、おばあさんの顔だ！」と私に話した。誰のことにせよ、言いすぎではないか。自分のことはわからないもの。後ろから見るとペンギンさんの歩き方をしている人だっていますよ。とかく世間は口うるさいのよね。

中学二年の頃に覚えた詩

牡蠣の殻（蒲原有明）

牡蠣の殻なる牡蠣の身のかくもはてなき海にして
獨（ひと）りあやふく限りあるその思ひこそ悲しけれ
身はこれ盲目（めしひ）すべもなく巖（いはほ）のかげにねむれども
ねざむるままにおほうみの潮（しほ）のみちひをおぼゆめり

なぜなのか長い人生で幾たびも歌ってきたのは、自分は「牡蠣の身」で、世間の声を聞きながら耐え忍んできたという思いがあったからかもしれない。脱皮して遅い春が訪れ、牡蠣の殻から出てきたが風は強い。それでも波間から心地良い風が吹く日もあるだろう。

ゆっくり行こう　流れに棹さすなかれ

平成二十一年の一月のこと、昔の某会社のＯＢ、もも子が訪ねてきたことは、「地域社会の闇」の始まりでもあったのだ。前々から心のすみに引っかかるものがあり、それに火をつけるきっかけになったのが、もも子であった。

「私がバカだった。詳子ちゃんの話を聞くんだった。出る杭は打たれる」ともも子は私に言ったのだ。

「お前がバカだったから、これまで一緒に頑張ってこれたんだよ」と国夫は言うという。なんてすばらしい夫婦愛だろう。

人を褒めてばかりもいられない。正雄がお役をいただいた一年後、もも子の夫は「お前には詳子ちゃんに勝てないものが一つだけある」と言ったそうだ。いったい私の何が秀でているというのか？　もも子は正雄とは仕事場が同じであった。「詳子ちゃん、私、本当は正雄さんのこと好きだったのよ。奥さんが詳子ちゃんでよかったわ！」と言う。

のちのち、もも子のこのセリフは、バカにされた記憶として心の傷となる。傷といっても槍の傷でも刀でもなく、切れの鈍い果物ナイフ。その後のもも子は、本当に私のことを心配してくれているのだろうか、自分を売り込みたいだけなのではないのかと皮肉ってみたくもなる。

もも子の友達は、糖尿病で車椅子生活を余儀なくされているらしい。私が宗教から身を引いたこの頃、この病気になった方が「この地区を担当させていただきます。旧姓〇〇です」とご挨拶に見えた。

例の周囲が気になる姑さんと、生ゴミの日に出会った。「名前を言わんのが悪いんじゃ」とボソッと言われた。噂の相手を間違えて、私のことになっていたのか？　推測にすぎないが。私は姑さんの最後の言葉を聴いたのだ。

ドン・キホーテの著者ではないけれど、お互いに反発し合うところのあった多くの人が亡くなった。決して賞賛されることではないけれど……。私は何も動きはしなかったが、多くの人々が動かされた。真実の心の扉が開く時、「詳子ちゃん元気そうね、よかった」という言葉が出た。ところが、もも子に「本を出版するよ」と言ったら、「嘘や！　そんなことする人じゃない。書きたかったら書いたらいいよ」と言う。

そんなこととはどんなことなのか、言われている意味がわからない。

ももちゃんが帰ったあと、何度も何度もこの日の会話を思いめぐらす。

昨年まで飲んでいたきついお薬を中止したせいか、急に体重が四キロも減ってしまった。糖尿病を心配したことは今まではなかった、正常値であったから……。でも、隠れ糖尿病でもあるのかなと思い、検査してもらうことにした。結果は糖尿病ではなかった。医師は水分補給と運動するようにとのこと。

本の執筆をしながらあちこちの検査を始める。夜遅くまで正座をして足も痛める、自然と力も入りすぎてよくない。運動不足にもなる。それでもスタートを切ったからには頑張ろうと思った。亡き息子だって応援してくれている。

腹部MRI検査結果、大動脈瘤もなく腹水なし。骨盤腔内の異常所見は認められないとの結果で安心した。総合病院では子宮の検査もしてみた。ホルモンが減ってきているようだが、誰でも避けられない仕方のないことだ。胸のマンモグラフィーも今のところ大丈夫。検診は時々受けるようにとのことであった。平成十六年に医大で肝臓のウイルス検査、B型とC型。結果は大丈夫であった。

本の執筆をしている頃、兄は東京で手術をしていた。その後退院し、珍しく実家に何日間か泊まったようだった。母は心配しているようで、「体はどうかね、何の病気かね、癌かね?」と兄に聞く。母に本当のことが言えなかったという。

十二月にはお墓の移動のこともあり、兄は夫婦で実家に行った。帰りぎわ、いつまでもいつまでも車に向かって手を振り見送る母の姿があったという。息子を案ずる母は義姉に「いろいろと世話をかけるがよろしく頼みますけんねぇ」と言ったという。癌と推測してのことなのだろう。最後に心配をかけてしまったことを兄は悔やんでいた。母が頑固者であり、その子どもならば自分も頑固だからと言う。

母は平成二十二年の早朝、トイレの前で倒れていた。百三歳の天寿を全うした。二月上旬とはいえ、昔と違い、雪はない。母を送る涙雨が降りしきる中、葬儀は行われた。親戚が多く、三間続きの部屋いっぱいの身内。あわただしく傘の調達に走る人がいた。足元を気にかけながら新しく建てたお墓へと向かう。

明治生まれの母としては、お墓の移動をしたことは口には出さねども気にしていただろう。迷信にとらわれるなという方が無理というもの、おそらく心労もあったことだろう。寒い季節もよくなかった。

振り返れば、私の幼少の頃、母は一回り違いの夫を亡くし、片親で育てねばならぬという気苦労の中で末っ子の幼い私を育てたのだと思う。年上の兄姉には何でも話をしていたのだろうが、私の前では兄嫁に対する愚痴を口にすることはなかった。むしろ気遣う母だった。

家での行事があるたびに孫や曾孫の子守りをする母の姿が脳裏に焼きついている。兄嫁は会社勤めをしてきた人でもあり腰も弱い。子守りは母の役目だった。孫たちが成人してからは、皆と一緒の席で会食を楽しむ母を見ることもできた。父の五十回忌を務めることができたことは、この上もなく喜ばしいことであったろう。父が逝ってからの半世紀を気を張って強く生きた母だった。

自ら健康管理のできる人だからこその長寿だ。よく歩く人で、夜には竹踏み百回、お風呂から出る前には足先に冷水をかける、毎日広い庭をバック歩き。これは頭を使うので良いと言っていた。私も川沿いの運動公園をバック歩きしてみた。慣れてくると楽しいもの。人と違うことを試みるのは脳の刺激になってよい。

物事はなるようにしかならないという母の言葉も生きている。長い人生での悟りなのだろう。母のおかげで今の自分がいる。本当にありがとう。

私の結婚が決まった時、遠方なので、何か急なことがある時に自分が駆けつけることができないと案じていた。そんな母が、六十代前半の頃から幾度となく駆けつけてくれた。出産のたび、正雄や私、娘の病気の時にも来てくれた。家の新築祝いにも来てくれた。高齢の母は何時間もかけてよく来てくれたのだ。何一つ孝行できずに迷惑のかけ通し。特に出産後亡くなった子どものことや、私に悩みがあり病気になってしまったことでは、母には大変な心配をかけてしまった。母が認知症にでもなれば姉妹で交替で面倒を見ようと話をしていたのに、誰の手を借りることもなく逝ってしまった。

母が安心して眠ったことには感謝をしている。母が亡くなった八ヵ月後、息子の命日に、京都新聞の「窓」のコーナーに亡き二人への感謝のつもりで送ったものが掲載されていた。

二番目に産んだ息子は、三二八〇グラムの標準で誕生してくれた。嬉しかった。泣く子は育つというが、あまり泣かない方で心配したくらいだ。

子育て中は、夫の正雄が運んでくる内職も頑張ってしていた。子育ての疲れと、私のことを社宅で何か言われているのではないかと悩み不眠になった。オムツもタオルも一緒に洗濯していたり、お金の計算を間違えたり……。来てくれた母が近所の二、三軒にご挨拶に行くと、そのうちの一人が「おばあさん、ごめんなさい！」と謝ったという。なんなのかと聞く母に、私は答えることはできなかった。

その奥さんにこんなことを言われた記憶がある。「私の妹はあなたのような人で子どもが亡くなったの。その子の服をあげようか」と。〝ような人〟とはどんな人のことなのか？

私の名前のことを言う奥さんもいた。名前の漢字に言偏がつく人はおしゃべりということになっているらしい。私が何もおしゃべりしなかったから病気になったと。ストレスは怖い。あの時、あの奥さんは妹さんの子どもが心臓病で亡くなったと言っていたのを思い出した。私の亡くなった子どもはそんな病気ではなかった。正雄にそんなことを話そうとすると、「人のことは言うな！」とシャットアウトされる。

母だって一ヵ月近くも一緒に生活をしていれば、夫が会話の成立する人かどうかわかっただろう。私は臥せっているし、話し相手はいない。私の田舎は一日三度はお茶をして、家族の会話がたっぷりあるのに。

私が快復して、母が家に帰る前夜のこと。「話せないのは難儀だけんねぇ、夫婦なんだからなんでも話し合って」と言い残して帰って行った。

あの頃、子育ては正雄の母親が送ってくれた育児書や、自然食品がよいと書かれていた宗教関係の本を頼りにしていた。正雄は家相、手相、姓名にこだわる環境で育っているので、息子も私も感化されやすい。子どもたちの名前は正雄側の母親が鑑定士さんに選名していただいたものだった。

正雄はまったくおしゃべりしないわけではない。相手が社長であろうが、口論する時はする。玉にきずなのは、自分が都合悪くなると「家内が、家内が」と言って逃げてしまうこと。正雄にハッキリと言う人は少ない。その分、私には言いたいことを言う人が多い。

若い頃の正雄は、せっかちでワンマン！　生活が大変なことはお互いにわかっているから、私も与えられたもの以上は請求しないできた。

正雄には家を建てたいという夢があり、ボーナスは全部、正雄が管理していた。私は一度も手にしたことがない。お盆とお正月には生活費を多めにもらえる。安月給でのやり繰りは大変なこと。この土地に来てからも内職内職で、井戸端会議に参加することもなかったが、前述の通り、「ここ（私の家）はいいけんねえ」と言ってお昼寝に来る人は二人いた。

平成二十二年の春、本の出版後のこと。ペンネームで検索してみると、裁判の被告として、本山詳子という記事を見つけた。殺しじゃないけれども……。明日仕事なのに、眠れなくなってしまった。「被告放火旧姓〇〇」と書き込まれているのを見ることとなる。

三月、大阪から新聞の勧誘に来た男性は、玄関に入るなり色覚障がいだと言う。この年は新聞の違いを見たいとの思いから、幾種類かの新聞を取ることにしたのである。契約時、赤ペンを出されたのに私が気づかなくて、書いてみてわかったが、続けて書いていると、「アッ、ゴメン。僕が悪かった」と言って新しいペンと用紙を出される。なんだか変に感じ、販売店に電話をしてみる。

店主はすぐに「何か失礼なことをしましたか？」とやってきた。「よそさんで耳にしたことをお客さんの家で話すんやない、それでオマンマ食べさせてもらってるんやからな、と教育をしてるんです」と言う。玄関に入るなり色覚障害などという言葉が出ることがおかしい。それものちに聞くと、自分に対して言ったことなのだというのだ。

五月二十五日、別の新聞の集金に来た女性は、とても嫌味な笑いを残して帰っていった。この日の新聞に色弱の記事が大きく掲載されていた。二月から五月頃まで、エクボさんがきていた。エクボさんは、「心配して来てみたのよ。大丈夫？　私じゃないからね」と言う。何のことなのか？　多分ネット上の書き込みなのかと推測をした私は、「見ていない」と答えた。「そう見てなかったの。よかった、見てなくって」との返事。

帰りぎわ、「吐いたものは飲み込むの、キツイよ。覚悟できてるね！」と言う。その後何を吐いたのと聞くと、「エコと血」と答える。エコはわかるけれど血って何なの？　と聞けば、「病気になっても輸血をしないこと」と。「ええー」と驚く。血は撤回よ。差しあげた本はそういう本ではありません。もっと違う角度から見てほしかった。相手を見て渡すんだった。

こんなことも言われた。「自分って賢いと思っているの？　もっと簡単な本を読んだらいい」と。なんて言い草なんだろう。もっと他に言いようがあるだろう。やっぱり私はバカにされている。

私は小学校六年生と中学生の時は図書係、高校一年の時は新聞部であった。正雄は銀縁の眼鏡をかけたら賢く見えると私に言う。それに私は、人の家系の病気を探りなさいなどと言っているのではない。遺跡でも食品でも医学にしても、覆されることの多い今日だからこそ、昔と今の違いを話し合うことはよいことよね、と言ったのだ。

七月に正雄は何を思ったのか急に、K新聞を口座から引き落とすことをやめるようにと怒る。仕方がなく集金に来てもらい、私が支払うことになった。

八月、九月と娘は体調が悪いと言っている。

九月末に正雄は、母や息子の写真やCDを段ボール箱に入れて二階に持ってきた。とても機嫌が悪い。秋口に入り、母の形見のちぎり絵で玄関を飾る私の気持ちも知らず、柿や、月とすすきのちぎり絵を正雄は運気が下がると言って外すのだ。

十月、娘むこは電話の向こうで、とても態度の悪い言い方をする。

十月に治療に通っていた歯科医院の受付の方は、どこからどの道を来たのかと聞く。これまで何も言われなかったのに、聞く必要のないことよ。

十一月一日、公明党が応援していた市長選に当選した方がいる。

十一月三日の朝のこと、菊のつぼみが折れてしまい、挿し芽をしていると、近所の奥さんが出てきて、「植物の研究をしているの？　原付を廃車にしなさいよ、○○教がしていることとなんだから」と意味不明。

私は研究するほどに頭は良くないが、観察する習慣はある。奥さんは自分が○○教なのに、「親の代からしているの。名前だけなんよ」と言う。この奥さんは、我が家の原付をご存じないのだ。四年間ぐらいしか乗ってはいない。息子が亡くなり、外出する気にもなれずにいた。そのうち、保険も切れ、点検もしなければならない。五年近くもガレージに置いたままであった。まだまだ使える。孫が使うのよと言うと、子どもは今の時代の好みがあるよと言う。しかし、うちの原付と同じ車種は今もたくさん見かける。自転車屋のお兄さんもほしいくらいだと言っていた。

この奥さんは娘時代に免許を取得し、自家用車で買い物にも行く。それなのに国道を横断するのが怖いと言うのには首をかしげたくなる。私は娘の家に行くにも原付、ポスティングの仕事をする時も原付であった。正雄の母親は息子可愛さから、お盆の帰省時に一人での運転は疲れることを心配して、怖くなかったら嫁の私にも免許を取るようにと言ったことがある。しかし、金銭的にゆとりがなかった。

十一月七日、眼鏡店に行く。世間が誤解しているようなので、調べて証明をしてもらうつもりだった。店主は面識のない私に気安く言う。うちの家内の妹が、ぐだぐだと愚痴をこぼしに来るので気が悪い、もう来んといてほしい、とそんなことをお店に入るなり言うのだ。まるで私を知っているかのように。

「兄さんはなんと言っているのか？」と繰り返し聞かれる。最初から決めつけている。兄とそんな話をしたことはないので、わかりませんと答えるほかはない。「男の子は？」「息子は亡くなりました」「じゃあ、それで終わりや」と、とてもおかしい。聞くこと以外には話をしなくてよい、とまで言われる。

息子は亡くなる少し前に、赤いブランケットを持って来てくれとメールをくれていた。赤はわかっていた。

平成二十五年には、四女の姉の形見の花、カラーの球根を兄姉の皆でもらった。今年も黄色一色のカラーと、オレンジ色にところどころ炎のような濃い色の付いたカラーも咲いて、両方を楽しむことができた。橙色や赤がわからないなんてことはない。ピンクもブルーもわかっている。紺色は学生服に多く、黒色は礼服、南天の赤とクリーム色がある。明るいベージュ色といいまちがえただけ。

眼鏡ができたので九日に取りに行ってきた。帰りに昔の社宅の人の家に寄ってみた。ご主人の病気は快方に向かっていたようですが、奥様が病気なのは知らなかった。

私の老眼鏡をその場で貸してみたが、合わなかったようだ。もう一本のUVカットのある眼鏡がよく見えると言っていた。私は何もお話をしていないのにもかかわらず、色弱の女の人を知っていると言う。ネット上でのことを知って、私を心配しての作り話なのかな？　それとも本当に、そんな人がいるのか？

十一月二十七日、正雄と金木犀の木を思いきり剪定をした。もう一本、厄介な木がある。このピラカンサスの木は、正雄が会長のお役をいただいた時に植えたものだ。四十センチばかりの小さなものだったピラカンサスの将来を考えずに植えた。今や三メートル以上に生長してしまい、次々と新芽が伸びる。そのたびに剪定しなければならない。年間十回はしていることだろう。トゲもある。毎年見事な赤い実を楽しませてくれるが、どうしたことか今年は少ない。小鳥が実をついばむ季節には木の下を汚してしまう。今年はそれもないようだ。

十二月二日、この頃、正雄のバックに人を感じるので、誰なのかと問うと「話したくないものは話さなくてもよいだろう」と答える。色なんてものは、周りの環境でも違って見える。夜と昼との違い、日なたと日陰での違い、屋根が青色の下で撮影すれば薄い水色っぽいものになるだろう。見る人が老眼鏡をかけないで近くで見る時と眼鏡なしで見る時の違い、目の調子の悪い老人……あげればきりがない。鳥はモノクロの世界にいるという。カラスも犬にも好みの色があるという。

遡って、平成二十三年二月のこと。いつもの歯科医院へ行った。私は歯の治療は緊張するタイプで、自然と手に力が入り、握り締めてしまう。長い時間拘束され、再三写真を撮られるのが嫌だ。またなのかと思い、それが大変だ。

大きく口を開き、金具を入れ、自分の手で押さえていなければならない。口は痛む。また、麻酔をかけられるのは特に苦手だ。椅子がレザー製なので緊張のあまりお尻と背中に汗をかく。

帰りに事務員さんに汗で椅子をぬらしてしまいすみませんと謝ると、まあよく言ってくれはった、と返事。妙な言い方だと思いながら、あとでわかったこと。尿漏れと間違われたのだ。尿ならば、ハンカチを洗面所でぬらしてきて拭くだろうに、拭くだけ拭いたら黙って帰るかもしれない。

この日の夜は大変だった。唇が腫れて歯が見えている。舌も少し赤く、微熱もあるようだ。歯科医も終了に近くなった。いつもならば治療が終わるとすぐに次の患者さんのところに先生は行く。ところが、この日は先生ご夫婦がそろって、私が立ち上がり、帰る姿をその場に立って笑ってじーっと見ているのだ。とても感じ悪い。

私はネット上での書き込みをしたことはなかったが、見ている時期は三カ月間あった。正雄は、自分はネットをしていないのに毎月七千円落とされることが気に入らないのだ。私が利用していただけということになる。

孫が一浪ののち、国立大学に合格した。お祝いの焼き肉パーティのさなか、姉が肺癌で亡くなったとの知らせが届いた。

母の一周忌の昨年二月、私の席の横に座っていた姉は、トイレでなんとなく苦しそうにしていたのを思い出す。

私が二十歳の頃、保母の資格を取りたくて通信教育を始めたのも姉の後押しのおかげであった。仕事後、夜の十二時までと決めて、テレビ室で一人で頑張って勉強した。姉にお礼をしなければと気にかけていた私は、この一周忌の席でそっと気持ちを渡すことができた。この時は風邪がひどいんやと思っていた。虫の知らせだったのかもしれない。間にあってよかった。

母の一周忌も終わって間もない時だった。忘れもしない三月十一日の震災の日である。他の姉たちと大学病院へとお見舞いに駆けつけた。かなり悪いらしいと聞いていて、皆で行くのはよくない、悟られてはならないとの意見もあったが、時間がなくて結局は姉妹で行くこととなった。

今思えばあの時が最後の姿、行くことができてよかった。あの日の姉は元気そうにしていて、笑って話もしていた。夜は遠方から車で来ていた姉夫婦と同じホテルで泊まることになり、少し不眠が出ていた私、部屋のテレビで震災の様子が映っているのがもう一つ飲み込めずにいた。翌日、近くの温泉で休みながら見ていたテレビの映像。大変なことになっているんや……。姉はそれから十日後のお彼岸に天国へと旅立って行った。

実家の近くに嫁いだ姉は、母から私の話を聞いていたのだろう。遠方に嫁いだ私のことを思ってか、時々徒然なるままにしたためたと言って手紙を送ってくれていたのだ。役場勤務の義兄は、母親よりも祖母っ子のようであり、その間に入っての気苦労が多かったように思う。

姉は商業高校出身であり、役場から診療所の事務として出向していたのだが、時々薬の調合なども手伝っている姿を覚えている。宿直の日には、若い娘一人では不安や危険もあったのか、小学生の私を連れて宿直した。そんな時は少女漫画誌を買ってくれるのだ。嬉しかった。当時、姉のおかげで洋画というものを初めて鑑賞した。記憶が正しければ、その映画は『ベン・ハー』だったと思う。スケールの大きさに感動したものだ。

歯科が終わり、三月末には法務局にも相談に行ってきた。男性局員が部屋をのぞいては閉め、のぞいては閉め、そのうちに女性の相談員の方が入ってきたが名前はおっしゃらない。お話し中に急に大きな音がする。テーブルの下の方から聞こえたようにも思えるけれども定かではない。私はハッ！　とびっくりし、先生を見るが、笑っておられるのだ。ビクッともされない。悪ふざけなのかとあとで思った。

四月一日からジムへ。ここの受付でも赤ペンを出されたことに一文字書きかけて気づく。すぐに黒で赤の字の上をなぞる。

いつの間にか私の体重まで漏れている。ご近所の奥さんから、あんた四十五キロかと聞かれたのだ。その方も私ぐらいの背格好だ。

痩せているからか、私を甲状腺の病気と決めつけている人がいたようで、ヨガ教室でもおかしいことがあった。これまで快適であった部屋の冷房が切られ、蒸し蒸しする。私の隣にいた人は、真夏というのにセーターを着てこようかなとか言う。「冗談でしょう?」と聞くと、「本当よ」と言われた。とにかくおかしい。寒いか寒いかと聞く人がいた。甲状腺の機能低下ならば「寒がりバカ」になる。その逆にバセドー病ならば、暑く汗が出る。毎日がマラソンをしているほどに疲れる、痩せる。婦人部で、赤軍派の女性メンバーがバセドー病であったことや、知り合いでその手術をした人の話をした。ジムで一番よく話す奥さんは、赤いサヤのお豆さんでご飯をたくとピンク色になるのよと言うので、もしかしたら、私の本を読まれた方なのかと思った。

ジムをやめる前に、奥さんを食事に誘ってみた。彼女が場所を決めてくれた。食事をしながら、自分の姉妹の子どもさんが背の低いことを悩んでいると話したので、女の子は月のものがあるようになると身長が止まってしまうけれども、男の子はあとまで伸びるでしょう、と言っておいた。

また、こんなこともあった。幼い子どもを病気や事故で亡くした人は、宗教に入会する人が多いとのこと。自分の姉さんなのか、妹さんなのか、○○教なんだと言っていた。なにゆえに、こんな話が出てくるのかと首をかしげる。

朝の四時までサッカー観戦をして私は寝不足。ジムを休んだら、うつ病と思われていたようだ。病気扱いされるのは気分悪い。いったい誰がこんなことするのかと知りたくて探偵を頼んだ。風評被害で困っていたからだ。

九月には原付点検をして、私は試運転でスーパーまで行ってみた。六年振りのことだ。孫は京都まで原付で帰っていった。正雄に誰か電話でも入れたようだ。「お前は何をして遊んでいるんや！」と怒っている。せっかく体力をつけるために運動を頑張っているのにね。

十月に入って息子の七回忌も終え、四国巡礼をスタート。何回目かの予定日が近いのに、旅行の書類が届かないのだ。前日に電話を入れると「とっくに出してある」とのこと。車で十分ほどの近い旅行会社から何日もかかるのはおかしいと思っていると、夕方になって届いた。

翌日の早朝に出発。帰りのバスの中に帽子を忘れたぐらいで、数日後、大丈夫か大丈夫かと帽子を預かって下さっていた旅行会社の事務の女性の方が言われるのは大げさである。あの日は買い物も多く、コートも脱いでいたので、帽子を手に持っていたのが落ちたのか、座席のあたりに忘れたかのどちらかだろう。忘れることぐらい、誰でもある。

バスの中では、横に座っていた方とおしゃべり。ご主人が亡くなり、一人暮らしとのこと。息子さんはいるらしいが結婚をしてはいないとのこと。彼女もいないし、バイト生活なのよと言うので、私は「知らぬは親ばかりなり。ちゃんと恋人いるでしょう」と答えた。自立していないので結婚しても生活できないとのこと。バイトでも親元を離れて生活できていれば、自立しているってことだろう。

大丈夫よ。手元に持参していた辛坊さんの本のお話をした。今の私たちの世代が借金をして、すき焼きを食べ、孫たちの世代はおかゆで我慢して税金を払う。つまり増税をしなければ借金は返せない、ということになる。

この方とトイレでのこと。髪の毛が薄くなったのよと話したことは、もう広まっている。嫌な時代よ。二日後、姉に電話を入れると、人を引き寄せていると言う。

四国巡礼で帰りが遅くなり、いつも駅で待っている正雄は、決して進んで来てくれているわけではない。なぜならば九時前には深い眠りに入っているから。「ゴメン、遅くなって」と言ったが、補聴器をしない正雄は「すまなかったのひと言ぐらいないのか！」と怒る。

十月十二日、地元の名士のお通夜だった。この方はいつだったか我が家に来られ、党員ではない、準会員だとおっしゃった。党員になってしまうと言いたいことが言えなくなる、とのこと。赤旗新聞を取っておられて、チラシをくばっていれば誰でも党員だと思いますよ。それでいいんや。

この方は「そんな人がいる、そんな人がいる」と言って、奥方と一緒に笑って私を見ておられた。民生委員さんのこと、詩吟教室の生徒さんのご主人のことなど、何かお話をしたそうに口まで出るのだが、そこは男性、それ以上のことはお話をされなかった。近所の若奥さんやおばあさんのことを、ダンスをしたりお酒を飲みに行くとか、そんな感じの言い方もされていた。

民生委員の方は、私の組のある人のことを話された。要注意の人と言っておられた。宗教で来ていた人は上下が一緒という。この言葉はどのような取り方もできる。上を拭く雑巾と下用を区別するのは当然のこと。母は、タバコ好きな兄の部屋の灰皿を拭く雑巾は別にしておかなければならないことを言っていた。

その兄が、離れの自分の部屋で、当時ピースだったと思うが、その箱の内側の銀紙を手の指に巻きつけて、クルクルと優勝カップの小さいのを作り、天井に下向きに付けていたのだ。子ども心にどうして落ちてこないのかと不思議だった。天井いっぱいにあるのだ。ちなみにタバコのピースには、鳩の図柄が平和の象徴として使われている。鳩がオリーブの葉をくわえている。昔ノアの方舟に乗っていた人と動物たちは助かったと伝えられている。幸せを運ぶ鳩でもある。

尿漏れと思われていることから内臓下垂とみる人もいるのかもしれないが、胃下垂なのかどうかは医師が言わないのでわからない。産後にクシャミをして漏れた人の話を聞いたが、誰でも何かのはずみに力が入り、漏れる高齢者は結構いるとのことだ。明治生まれの母だから、産後は特に注意をすることと言っていた。昔の漬け物用の樽は大きくて重石も重い、気をつけなければならない。妊娠中は高いところにある物を取るのに背伸びしたり、台に上がったりしないことなど。

私は自分なりに健康管理をしているつもりだ。二階にいるので、日に何度も階段を往復、足腰が鍛えられる。無理に運動をしなければならないと決めつけるのではなく、自然にできることが大切だ。

水分補給も十二分にしている。トイレもまめに行く。夏場に尿の回数や量を測ったことがある。十時にトイレに行ってから床に入り、深夜二時過ぎに目が覚め、透明な容器で計ってみた。五百ccもあった。膀胱ってすごいなぁーなんて遊びながらデータを作る。難儀ではない。何事もそうでなくてはね。

四月十六日、子どもの頃によく遊んだ姪っ子の訃報。脳に腫瘍があり、暮れから入院していた。お花見を楽しんだあとのことだった。仕事に子育てによく頑張った。両親が近くにいたことは心強かっただろうと思う。

四月十八日、正雄は草刈り機の網に指がからんでしまい骨折、手術。医師からタクシーで帰るようにと言われているのに車で帰ってくる。二十八日、娘むこより、一時間ほどパソコンの手ほどき。

五月二十日、正雄名義で自転車を購入した。

六月には娘がケイタイのアドレスを変えたと言う。フラフープを購入して運動を始める。

七月三十一日、草刈りで横のガレージに止めていた高級車に草や小石が飛んで傷ついたとの苦情あり。

三カ月前から親指の爪の裏側がしびれる。そのうちに人差し指の先も同じようにしびれる。しびれは怖くて危険信号と思い、脳外科に行くと簡単なテストをされ、大丈夫だ、ＭＲＩなどしなくていいと先生は笑っていた。そんなこと言わないでせっかく来たんですからとお願いして予約を取る。二十七日、ＭＲＩの結果が出る。脳萎縮もなく血流も問題なしとのこと。ってことは若いってことなのかな？　ハッハッうぬぼれかな。その後、外を歩いていると、あんたはん若いなと言われる。犬との散歩中、うちの犬は年を取るのを忘れている、などと言っていた人がいた。ともあれ、しびれが何ともなくて良かった。頸椎の体操を続けることで、十カ月でしびれを完治したのだ。今でも続けている。

九月、茂木先生の講義を聴く。ひらめく脳の作り方という内容で、「外国のノーベル賞受賞者は決して有名大学出身ではない」「すべてが、できる人間よりも何かに集中できることが大切」「伸びる方向も一人一人違う。人間のとがり方も一人一人違う。いろいろな個性を持つ人がいることが大切」「外国では偏差値で入る大学はない。アメリカのハーバードに海老蔵さんが入れるが東大生が入れないのはなぜなのか？　東大には地頭の良い子がいるのに偏差値で選ぶからひらめきがなく、この先日本の社会が危うい」とのお話だ。

九月十八日の夕方、スーパーに止めていた自転車がなくなった。買い物した荷物もあり雨も降っていることからタクシーで帰る。

翌十九日に近くの交番に届ける。名前、生年月日、年齢と住所を書き込むように紙を渡された。印鑑を忘れましたので拇印ですかと尋ねると「指印や！」、私の押し方が悪いのか、「そうやない、こうや！」と私の指を押しつけて倒された。私は外国人にされていることから、昔外国人の指紋押捺とはこのようなやり方をされていたのかと、とても不快だった。中古の自転車がお店に売ってあるとしたら、いくらならば買うのかと聞かれる。「そんなことまで言わなければならないのですか」と聞いたところ、どうやら損害金のことがあるようだ。購入して三ヵ月ぐらいだから、もっとほしいが、中古は中古なので五千円と言っておいた。一ヵ月ぐらいしたらそのあたりから出てくるだろうと笑って言われた。本当に一ヵ月で出てきた。スーパーと同じ町内の田んぼのあぜ道のようなところにあったらしい。

正雄の車で、空気入れと、ぬれ雑巾を持参して行ってみた。自転車はきれいでタイヤに空気も入っている。どうやら婦警さんがしてくださったようだ。私の指印の用紙を見て、印鑑を忘れるとこんなことになっちゃうんですよね、と言う。やっぱりおかしかったんや。自転車が出て来たら見せにくるようにと言われていたので、小雨の中、一時間かけて駅前交番に行くと、けげんな顔をされた。そんなこと本当にあったことなのか？　と。

おまわりさん、婦警さんと二人で自転車を見て、登録番号を控えておけと命令する。私は盗んできたわけではない。そのうちに、もう良いとのことであった。

帰りぎわ、オッパイの大きなお母さんと小さな子どもさんがパトカーを見にこられたとたんに笑顔で対応される。不快感がいつまでも残っていた。

その後、正雄は「お前は届け出もしていないのか？」と言い、五千円の中古の自転車を見て来てくれると言い出す。どうして五千円を知っているのかと思った。

十二月三日、愛犬と散歩中、急に斜面を走りだすコロ君に引っ張られて、ころぶ。リードが手から離れて小川の向こう岸に行ってしまった。ころんだままで呼ぶと心配そうにこちらを見ている。そのうちに帰ってきてくれた。その隙にリードをつかみ、痛みをこらえて帰宅することができた。無理したようだ。翌朝は階段をお尻と片足を使っておりる羽目になる。

整形外科医院に行き、ケンケンをしながら歩いて、またころぶ。レントゲンの結果は骨折とのこと。薄い線に見えたので、ひびですか？　と聞くと、ひびという医学用語はないと言われる。年寄りにはひびでいいんだよ、と心の中で叫んだ。先生は大人しくしているようにと言う。もっと他の言い方があるだろうに。昔の人は骨折よりもひびの方が長くかかると言ったものだ。二ヵ月で良くなったが、当分はコロ君のお散歩を休み、正雄にお願いすることにした。

十二月三十一日からお正月にかけ石川県へ娘の家族と行ってきた。正雄は自分の庭先のようなものだから行かないと言い出す。付き合いが悪い。美味しいものを食べるために行くのにね。いつものお節料理を作っておくしかない。

平成二十五年三月二十一日、郵便局の女性事務員の方、何度も私の顔を見ては笑って、下を見るのを繰り返す。なぜか変だと思った。あとでこの日の領収書がないことに気づく。二日後、朝一番に行くと、同じ方なのにまったく普通に真面目なお仕事ぶり。領収書の長いものをくれる。名前を見て笑っていたのか、領収書がなければならない堅物と思ってのことなのか。以前、銀行では口座を作るのに「この名前でいいですか？」と言う窓口担当がいた。質問がおかしいよ。自分の名前を使うのに、それはないだろうに。生年月日を下の方に書いてくださいとのことだった。領収書も必要なものであるが、論より証拠という言葉がある。水掛け論をするよりは確実よ。

私に対する警察官の行為、バックで知人が動いていたと仮定しても、指を押し倒してこすりつけられた行為そのものは本人の責任であり、なにかしら、この土地が私の安住の地とは思えないのだ。

こんなこともあった。社会保険事務所へ年金のことを聞くために行った時、「大阪で働いていませんでしたか？　カタカナの同姓同名の人で遊戯場の仕事をしている人がいたが」と言って、しばらくしてから遊園地と訂正したのだがカチンときた。相手の言う時期に私は高校生、この地に就職してからは他県に働きに出たことなんてありませんと言っておいた。

四月七日には巡回のおまわりさんが来て、オレオレ詐欺のリストに載っているので気をつけるようにとのことだった。正雄のケイタイに時々変な電話があり、あなたに財産をお譲りしますなどなど、お札の束を積み重ねた写真などがあり、そのことを言っているのだろうか？　正雄はケイタイの操作があまり得手ではないので、詐欺にあったのかと聞いてみると、「オレオレ詐欺って、息子がいないのにあるわけない」と言っていた。

嫌なことは続くものだ。七月にはコロ君とのお散歩で、同じ住宅の大型犬と小犬のいる家の前を通ると、道や庭に水まきをしていた四十代に見えるご主人に声をかけられた。

ご自分の犬がよく吠えるからなんでしょう。コロ君は近づいても吠えないのに、「止まらないで早く行ってくれ、ここを通らないで他を通ればいいじゃないか！」と言う。なんと失礼なことを言うのだろう。「お宅にそんなこと言う権限があるんですか？」と言っておいた。不愉快だ。ご自分も時々、我が家の前を散歩で通るのに、そんなことを言ってしまえば、散歩ができにくくなることぐらいわかっているのだろうに。この方の義母さんも、私の近所の奥さんの友達だから、何かと情報が入っているのか。私はとても敏感なのか、時々、この方の義母さんが何か動いていると思えたこともある。

九月、出雲大社に行く。松江フォーゲルパークや美術館に行くのは、中学生の時以来、長い間ご無沙汰をしてしまっている。新しくきれいになっているが、昔と変わりない思い出いっぱいの風景の中にいる私。

十月二十八日、朝起きて足の親指が痛むという正雄。痛風よと言ってみたが、いつもの整形外科に行くと言うのでついていく。先生、これ痛風ですよねと聞くと、多分そうでしょう、一応レントゲンを撮りましょうとのこと。案の定、痛風であった。あとで、一週間ぐらい薬を飲み忘れていたことに正雄は気づく。この時、最近の正雄がおかしいので医大に脳のＭＲＩの予約をしていたが、痛風のために取り消しにした。どうしたのか、四十五キロあった私の体重がまた減った。この年齢で太ることはないだろう。

平成二十六年一月三日、やしきたかじんさんが亡くなったとのこと。たかじんさんの番組「そこまで言って委員会」で、○○先生は公共の電波を利用して、自分の先祖は朝鮮人らしいと言った。なのに、一人で生きている二人の人種がどうとかこうとか、神経質な親が子育てをしていると、子どもはろくな子にならないなど暴言を吐く。テレビに出ている人は、大人だけでなく障がい者や子どもも観ていることを考えて発言してほしいものだ。高血圧がさせていることなんでしょうがね。外国人に対する差別は確かにある。皆どんなにきれいごとを言っていても、本音と建前はあるってことなのだ。もも子にだってあるよ。

また、六月五日のたかじんさんのテレビでの発言でのこと。「○○先生は三十年経っても進歩がない、同じだ。頭脳の機能の問題やな。○○さんはしゃべらない方がよい」と言っていたが、私と一緒に仕事に行っていた人も、「あんたはしゃべらない方がいい。娘と会話するように」と私に対して言った。ということは、この土地では生きてはいけないと聞こえる。だから、せめて病気にならないようにと独り言を言って気を紛らせているのだが、この不快感がいつまで続くのかわからない。

三月二日、「犬のまなざしに癒やされる老い」の項を毎日少しずつ、日記からパソコンへと移す。そんな時、娘から電話があり、「おばあちゃん今何をしているの?」「パソコンよ」「六十六歳だったよね」「六十七歳よ」という会話になる。

三月十六日には、もも子が来る。「詳子ちゃん、何してるの?」「あなたが来るまでパソコンよ」「どんなこと?」「読んだ本とか新聞記事、自作の詩なんかよ」「それ見たいなあー」という会話となった。見せなかったけれど。

時を同じくして、電話が来たのは親戚の知人、無線仲間のようだ。「○○さん注意を」とのことだった。それが本山という私の名字ではなかったのでたまげた。なんでしょうか?　ともう一度きくと、間違えたと。さては……。

三月二十七日、百枚はプリントした。順番がめちゃめちゃになっている。

三浦綾子さんの『積木の箱』より

考えてみると家族というものは、ある意味では敵かもしれない。「自分自身が最大の敵」という言葉もあるように、身近な者が一番恐ろしい敵でもあり得るのではないか、最も身近にいるものこそ、お互いに傷つけ合っている恐ろしい敵でもあった。また家族とは血ではなく愛で結ばれているという。

正雄は自分のケイタイを使ってはいない。毎月、四三〇〇円ぐらいを二年以上捨てているようなもの。メールを見ていないから運動に行っても「今日はなかった」と言って帰ってくる。場所変更も把握できていない。

小学生の頃に覚えたローマ字表が外しても外しても元に戻されている。噂では、私がローマ字を読めないことになっているので誰かから聞いて、私に覚えさせるためにしていることなのか？　それとも正雄自身のためなのか？　正雄に対して失礼で聞けなかった。

若い男性は名札を付けて来た。情報を仕入れるために来たとのこと。「パソコンは誰が使用されていますか、名前を聞きたい」と言うが、「家族が三人いて全員がパソコンを使っていれば全員の名前を言うのですか？」と返事をした。「じゃあいいです」と帰って行ったが、局から来るわけもなく、誰かに頼まれて来たのだろう。

私は男性向けの本も読んでいる。日本探訪史の中の水戸光圀、西郷隆盛、坂本龍馬など。世界の名作ではドン・キホーテなども読んでいる。もちろん女性向きのモーパッサンの『女の一生』や、紫式部だって読む。男性か女性のどちらなのかと確かめるためだったのかもしれない。

ある電気屋さんも「(情報が)漏れている。それを使われないようにするためにはパスワードを変えるとよい」と言う。機械音痴の私のこと、設定した娘むこしか知らないのだから困る。どうやらデータは利用されているようだ。娘は「別のところに移動してあるんじゃない」とも言っていた。

パスワードの使い回し？　著作権乱用？　私の文章が稚拙と思って、勝手に自分たちの都合のいいようにリサイクルでもしているのかしら。難しい言葉は、偉そうに聞こえるのが嫌い。使い慣れていないので、すぐに出てこないのも正直なところ。小説なんて想像と観察の入りまじったもの。司馬遼太郎さんじゃないけれども書いてみなければわからないこともある。

外山滋比呂の「醗酵という考え方」がある。ビールを作るには、麦だけではできないと同じで、時間をかけ醗酵させねばならない。寝かせすぎてもいけない。人によっても違うし、同じ人間でも場合によっては時間がかかる。フランスの文豪バルザックは醗酵したテーマについて、「熟したテーマは向こうからやってくる」というのである。

私の詩、「各駅停車」も自然と熟されたものである。今まで汚辱されてきたことに対する記念の作品よ。決して軽いばかりの私ではない。

円地文子訳の『源氏物語』を読む。

紫式部は、「一」という字も知らないようにしていたということを日記に書いている。知っていながら知っているような顔をしないということは、一面では大変に奥ゆかしいけれども、一面ではきっと重たい感じの人に思われていたろうと思うのだ。

私の場合も、知っていながらも聞くことはよくある。相手はどんな考え方、受け取り方をするのか知りたい時だ。もちろん、私は知らないことも多い。正雄は、昔は日本史をよく読んでいたと思う。結婚してからは、仕事で必要な専門の本が優先だっただろうけれど。

最近は、正雄について気がかりなことが多く、病気であることは間違いない。口に出すべきでないことを平気で書いたりするのだ。

「お前は日本人なのか」と。そこまで言うのであれば、「日本人とやらと再婚しなさいよ」と言いたい。私に原因があって、私が悪いから子どもが亡くなったと言うなら、何のために結婚したのかわからない。最大の不幸は私と一緒になったことだと、ひどいことを言い出す。自分から私と付き合いたくて、ある方にお願いしたのではないか。

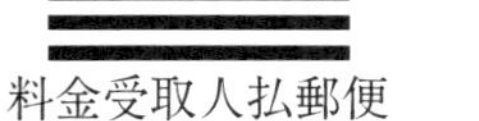

料金受取人払郵便

新宿局承認

4302

差出有効期間
平成31年4月
30日まで
(切手不要)

郵便はがき

1 6 0 - 8 7 9 1

8 4 3

東京都新宿区新宿1－10－1

(株)文芸社

愛読者カード係 行

ふりがな お名前		明治　大正 昭和　平成　年生　歳
ふりがな ご住所	□□□-□□□□	性別 男・女
お電話 番　号	(書籍ご注文の際に必要です)	ご職業
E-mail		

ご購読雑誌(複数可)	ご購読新聞 新聞

最近読んでおもしろかった本や今後、とりあげてほしいテーマをお教えください。

ご自分の研究成果や経験、お考え等を出版してみたいというお気持ちはありますか。

ある　　ない　　内容・テーマ(　　　　　　　　)

現在完成した作品をお持ちですか。

ある　　ない　　ジャンル・原稿量(　　　　　　　　)

書　名				
お買上 書　店	都道 府県	市区 郡	書店名	書店
			ご購入日	年　　月　　日

本書をどこでお知りになりましたか?
1.書店店頭　2.知人にすすめられて　3.インターネット(サイト名　　　)
4.DMハガキ　5.広告、記事を見て(新聞、雑誌名　　　)

上の質問に関連して、ご購入の決め手となったのは?
1.タイトル　2.著者　3.内容　4.カバーデザイン　5.帯
その他ご自由にお書きください。
(　　　)

本書についてのご意見、ご感想をお聞かせください。
①内容について

②カバー、タイトル、帯について

弊社Webサイトからもご意見、ご感想をお寄せいただけます。

ご協力ありがとうございました。
※お寄せいただいたご意見、ご感想は新聞広告等で匿名にて使わせていただくことがあります。
※お客様の個人情報は、小社からの連絡のみに使用します。社外に提供することは一切ありません。

■書籍のご注文は、お近くの書店または、ブックサービス(0120-29-9625)、セブンネットショッピング(http://7net.omni7.jp/)にお申し込み下さい。

六月二十六日、お風呂の日なので正雄を誘ってみたが、一日ゆっくり眠りたいと言う。しばらくして起きてきて、「もの好きが行くんや」「いつでもお前の勝手に付き合わされる、二度と行かない」と。お風呂の近くに息子が亡くなった現場があり、そこに行きたかったものだから話してみたのだが、怒られてしまった。それでもしぶしぶと行ってくれたのだ。

二十八日、パソコンを見るとセキュリティに関して更新日時が出ていた。

七月、オオカミの血を引くのは柴犬らしい。柴犬の活躍を見る。いつか我が家のコロ君を見ている小学生が「あれ、キツネなんやで。○○ちゃんが言うてはった」と言っていた。犬よ！　ママに教えてもらいなさい。犬はオオカミ系なんだよ。

七月十二日、ＮＨＫ「ＳＯＮＧＳ」で、夢を追う若者とトークセッションする長渕剛さんを観た。「逆流」という歌を桜島ライブで聴いたことで、お笑いの仕事をめざして出てきた若者に対して、答え＝裏付けのない自信と自分の力だけではなく、人の力で頑張れる。ひたすら練習を続けて進むことと話していた。高校を中退してボクサーの道に進んだ若者、答え＝今の時代は社会が曲がっているから、まっすぐよりも、やぶ睨みの方が物事が見える。恐怖心を克服するには？　負けて負けて覚えることがたくさんあると思うよと。このボクサーは涙を流しながら「逆流」を聴いていた。久し振りに息子の遺影をテレビに向けて楽しめた。

八月二十一日、広島県安佐南区が豪雨災害で大変のよう。山のふもとに造成して家が建ててあり、危険個所が日本でも多い県となっているようだ。花崗岩が風化してできた「真砂土」と呼ばれるもろい地質で、水を含むと崩れやすいとされている。表層崩壊とは厚さ数メートル程度の表層土がすべり落ちる現象をいう。

八月二十九日、ありのままに見る蓮如上人と一休。〈とどろき〉

この松の木をまっすぐに見たものはおるか、「曲がった松をなんと曲がった松じゃのー」と見ることが、まっすぐな見方だ。

八月三十一日、正雄が何か独り言でも言っているのかと下りてみると、部屋にはいなかった。夜の十一時三十分。静かな夜なのでどこかでチャイムの音が聞こえる。やがて裏の家の玄関で正雄の声がして、「物置の明かりが部屋に入って眠れない」と言っている声がする。私は黙って二階に行く。何も言わない方がいいだろう。しばらくすると勝手口の戸が閉まる音がして安心。最近、流し台の明かりを点けてもすぐに気づかれる。「消してくれ、眠れない」と病的になっている。

九月二十三日、絵本が十月末には出来上がるとのこと。

十月八日、パソコンができなくなった。故障したのか何も画面出なくなった。お店で調べて出荷状態とのことだった。中にデータも無いことものちのちわかった。

十月二十五日、正雄は私のことを認知症だという。正雄がおかしいので、「この年齢になると、みんな検査するんだから。私だってしたでしょう？」と言って、連れ出すことに成功。

十二月二日、ＭＲＩの結果は認知症とのこと。「どうしてこんな人と結婚したのか？　どこで知り合ったのか？　会社か？」と変なことばかり言われる。この医師は「奥さん、美人さんですね」と正雄の耳元で何度も言う。やっと聞こえたのか「先生冗談を」と正雄は笑っていた。正雄の耳が聞こえにくいことがわかり、目からウロコと独り言を言っていた。アルツハイマー型認知症だ。半信半疑だ。先生のからかいが診断への信頼を揺るがせている。

振り返れば二十三年前、夜遅くまで図面作成の勉強など頑張っていたのがたたったのか。吐き気と目まいで自分から救急車を呼んでほしいと言って入院をしたあの頃から、すでに病気が始まっていたのかもしれない。

先生に「私の方がおかしいと言われているのですが」というと、奥様は正常ですと言ってくれた。しかし、いろいろな病気にさせられている私。私の地方を陸の孤島と言う人もいるらしい。古いといえば、太古の地。神の国で「国のまほろば」ではないのか。

六月六日の新聞には「千家尊福（たかとみ）」の記事があった。この方はお正月の歌「一月一日」の作詞者である。「年の始めのためしとて……」。千家は代々出雲大社の宮司を務める家である。この年の五月二十七日の重大ニュース。高円宮家の二女典子様（二十五歳）と出雲大社の禰宜（ねぎ）様（四十歳）のご結婚が秋にあるとの記事。五月には「たたら侍」の映画の予告があった。一年先となり、平成二十九年七月公開予定らしい。

トルコのタタール人は高い製鉄技術を持っていて、中国、韓国を経て日本に伝えられたとも言われる。奥出雲のたたら製鉄は伝統の製鉄技法、日本の鉄づくりのルーツと言える。トルコの人は世界中で日本人が一番好きという。明治二十二年にトルコ船が沈没した時、六十九人もの人を救い、トルコまで送り届けたことが、トルコでは学校の教科書に記されているという。トルコ人は恩義を忘れない。昭和六十年、イラン・イラク戦争の開始から五年後、「イラン領空を飛ぶ全航空機を攻撃対象にする」との声明を出した。この時、日本の自衛隊の海外派遣が法律で禁止されていたために飛行機を飛ばせなかった。トルコ人は自国民より日本人を優先して救い、二一五名の日本人はイランを脱出できたのである。タイムリミットの約一時間前のことであった。

九月十九日、私がぬり絵を一緒にしようと買ってきても正雄は見ているだけ。私の絵を褒めてくれるのだ。本当に認知症なのか？　葉隠れの四誓願というのがある。認知症でなければ当然知っていると思うからテストをしてみた。わからないのか、首をかしげている。書いて渡した。武士道、忠孝、親孝行、大慈悲、この四つは神仏に念じて尺取り虫のようにじりじりと進んでいこうというのだ。四つは別々ではない。心はただ一つ、見事に死んで見事に生きることだという。恋でいえば耐え忍ぶ恋ということになる。九月に入って、ここ何年かの間に読んでいた本を整理してみた。同じ本が三組もあった。やはり認知症なんだ。

七月十九日に、ご近所の犬のテッちゃんがすでに亡くなっていたことを知る。

九月二十七日午後八時三十分、月明かりの夜空はまるで白い流氷を思わせる。雲が綿のようにいくつも漂い、その雲の間から空が見え隠れする。あまりの美しさに正雄を呼んだ。コロ君まで来てくれた。洋間から眺める夜空の美しさ、これまでなぜ気づかなかったのか？　それほどに空に対しての関心がなかったのか？　このままじーっと眺めていたい静かな夜空を……。

十月二日、急に円安が加速した。円安の始まりで物価上昇、輸入品が高い企業は回復し、大手は追い風、中小企業は死活問題、日本にとってマイナス。

十月二十八日、長い間、電話の呼び出し音が途中から低くなり、二階まで聞こえづらく困っていたのに元に戻った。

十一月二日、今日の「たかじん」でのこと。津川さんは、自分はサッカーより野球の方がよいとのこと。「サッカーは皆がボールを送りながら取ったり取られたりと、最後には一人の手柄になる。野球は皆の手柄、そこがサッカーの嫌なところなんだ」「だいたいスポーツは一人かチームかの二通りですよ」津川さん「そうなんですがねえー。運んでいた人たちもいたのにねえー」と言う。それが面白かった。

十一月十九日、いつか新品の足場を持って行った業者は、結構な金額で売れたと言っていた。当然だろう。私があれほど、今は足場の需要があるし新品なんだからと、言ったのに。この業者は後日、四万円近くで売ることができたと言っていた。

チリ紙交換の人でもティッシュの一つもあるのに、心遣いは何もなし。これこそ〝ぼったくり〟やないの。「近江商人は三方よし」のはずが、これでは「一方よし」

よ。おまけに正雄は、持って行く前は、「お金を取るなんて思うなよ！」と言っておいて、これだけで売れたんだってと言うと、そんなこと聞きたくもないわと怒る。私だって腹立たしいと言ったらありゃしない。

昔のような天秤かついだ質素倹約の商人は今では見られない。

正雄が難聴のせいもあるが、鍛冶屋がトンテンカンと槌を打つように、夫婦も相槌の呼吸が合わなければトンテンカンもトンチンカンになってしまうだろう。

九月には総合病院に行ってみた。私は今まであまりにもいろいろな病気にされてきたので、本当に私の脳は大丈夫なんだろうかと心配になる。何か先生は隠しているのではと思い、私が「認知症とかうつ病にされているんですが」と聞くと、どうもないと言われた。

私は神経症の言葉を口にしていないのに、神経症は別の科だと言って笑っている。画像をいただいてきた。多分書き込みがあるのだろう。

京都の弁護士さんに相談にも行ってきた。もうそういうことはありませんとのことだった。今のネット社会には困ったものよ。心はどこにあるのやらと言いたい心境だ。

魂と障がい者

魂が本当にあると感じたのは、息子が亡くなる前に書いたものを読んだ時である。あの子はすでに死の覚悟をしていたんだ。亡くなる前にあの子のＤＶＤやＣＤの片付けをしていて、こんなにたくさんあるので「全部必要なん？」とメールをした。あの子からは「ＤＶＤやＣＤは甥っ子にやってくれ」と返信が届いた。今思えば、なのですが、それは形見分けとも取れる。

遺書の全文ではないのですが、「最後の我がままを聞いてください。苦しまないようにお参りをお願いします。あの世で苦しみのたうち回るのはわかっているけれども、もう耐えられない」と書き遺してあったのだ。

その時、私の気持ちが軽くなったと感じたのは、私から魂が離れて正雄に移ったから。正雄が今までと違い、胸騒ぎがすると言っていた。息子のところに行く前に、「これから行く」と言ったら、来ても自分は大阪に行くので、いない、とメールが返ってきた。それでもと二人で見に行った。息子はいなかった。
　これからは、魂は生者とともにあると思って大切にしたい。

　会社に一緒に行っていた仕事仲間も、魂があることを教えてくれた。本土におられたその方は、仕事仲間のご主人は九人兄弟で、一人だけが島での行事に欠席された。島でみんな楽しんでいることだろうと思っている時に亡くなった。島での記念写真の中にそこにいるはずのないその人が写っていたというのだ。魂が島まで飛んで行っていたのだろう。写真を供養したと言っていたが、こんな身近なところでそんな話を聞くことはなかった。テレビの世界での霊現象でしかなかった。
　正雄の母は、いつもお嫁さんのことを「母さん」と呼んでいた。義母は亡くなる当日に、「母さん、今日でおしまいやさかいに」と言い、その言葉通りにその日のうちに亡くなったのだ。どんなに記憶が薄れていようが、重い病気を患っていようが、人間は最後には正気に戻って穏やかな瞬間があり、お迎えが来るのがわかるのではないのかと思える。

　私は本から教わることがあまりにも多い。本というものがなければ、知っていて当たり前と思えることも立ち止まって深く考えることもなかっただろう。

『人の痛みを感じる国家』（柳田邦男）から

重い障害をもったわが子を母親は普通以上に愛し育てていた。知的発達の遅れがあっても動揺することなく、その子なりに心がのびやかに育つように向き合ってきた。私がすばらしいと感じたのは、次のような出来事だった。小学生の特殊学級に通うようになった時、障害手当や手帳を受けるために必要な医師の診断を受けた。その検査の中で医師が、「お父さんは男です。お母さんは？」と問う質問があった。誰しも「女です」と答えるだろうし、母親も自然にそう思った。ところがその答えは意表を突くものだった。迷うことなく大きな声で答えたのだ。「お母さん大好きです」なんとすばらしい答えかと、私は感動してしまったのです。母親も子どもが見かけの知識ではなく、子どもにとっての本質を言ってくれたことが嬉しくて、胸がいっぱいになったという。診断の結果は「ＩＱ三七」という。

数字が示されたが、母親にとってのＩＱのレベルなど二の次だった。〈ＩＱ三七の世界って実はとても素敵で優しくってあったかい世界なんだ〉と思ったという。子どもにとっての母親の本質を言い当てている、とある。

息子は生前に、読むといいよと言って『フォレスト・ガンプ』の本を渡してくれた。正雄がお役をいただいた頃だった。フォレスト・ガンプはＩＱ七〇。五歳から十歳程度の知能ということになるらしい。私はこれまでＩＱ一〇〇以上は高いと思っていたが、七〇の人の障がいがどの程度なのかよくわからなかった。本によって知識を得たことになる。

本がなければ何一つわからない私。あの時、ああすれば良かった、こうすれば良かったと反省は尽きないが、人間というものは不完全なままこの世を去って、また不完全なままの人生を繰り返すのだろうとつくづく思うのだ。

私の本の旅

私が最近読んで、印象深かった本をいくつか書きとめておく。

『忘れられた日本人』（宮本常一）

とにかく歩き回った人です。自分の足で歩くことは人と出会うことであり、考えることは見つけることだし、誰でも文明の力を借り、高速で移動している時代、自分の足で移動することはその分丁寧にものを考え、発見することになる。宮本の父は、常に先を急ぐことはない、あとからゆっくりついていけ、それでも人の見残したことは多く、やらねばならぬ仕事が一番多いと語ったそうだ。

『思考の生理学』外山滋比古

思考の整理法としては、寝かせるほど大切なことはない。思考を生み出すのにも寝かせるのが必須である。

作家の幼年、少年物語にすぐれたものが多いのは素材が十分寝かせてあるからだろう。長い間心の中であたためられていたものには不思議な力がある。寝かせていたテーマは、目をさますと、大変な活動をする。なに人もむやみに急いではならない。

『夜と霧』ヴィクトール・フランクル

繊細な神経質な人々の方がつらい労働や精神に耐えられるようだと言っている。強制収容所人間の心にまつわる重要な真実を発見する。人生には必ず生きる意味がある。人生はまっとうに苦しむことが崇高なこと、まっとうな苦労とは、問うては答えを出しながら生きること。悩むことはネガティブなことではない。過去は宝物、人生を豊かにする。感受性の豊かさが心の強さ、過去こそ大切な金庫のようなものだ。

私の独り言。因果といえば、原因と結果の間にある縁に一番重点があるように思える。小才は縁に気づかない。中才は縁を生かすことができないと言うが、まったくその道理。なかなかと難しい。人によれば逆にうまく利用すれば良いと考える人もいるだろうが、それが生かすことになるかは別問題。どのような原因があろうとも縁がよければ良いわけであり、その縁は自分次第ということになるが、それには信念が大切。

ヴィクトール・フランクルは、妻との一年にも満たない一番幸せだったであろう結婚生活の記憶が、あのおぞましい強制収容所の環境に打ち勝ったことになる。妻との記憶が縁であり、結果として生きのびることができた。

私の人生もいろいろとあったけれども、コロ君との縁が良縁になると思える。私の癒やしは本と動物である。

『女の一生』モーパッサン

彼女は夫のジュリアンを心からうらんだ。彼女は自分と夫の間になにかしら一つの幕を、なにかしら一つの障害物を感じていた。二人の人間が決して魂までは、心の奥底までは互いに入りこむものではないことに、生まれて初めて気づいたのである。

時々からみあうことはあっても、決してとけあうものではない。人間めいめいの精神的存在は永久に、一生涯孤独のままであるということに気づいたのである。

　私の人生の障害物は正雄の病気、それはあらゆる意味での病気がさせたことなのだと思う。

『ドン・キホーテ』セルバンテス

　何一つ取り柄のない悪い本なんてありません。きびしい批評家連中ももう少し情をいだいて、そうとがめだてせずに彼らの難癖の的になった作品にできるだけ影を少なくして、光り輝かせるために、作者がどのぐらい大きな眼を見開いていたか考えてもらいたいのですよ。そうすれば彼らの気に入らない点が実はほくろだったということも、おそらくあり得ることでしょう。読む者の誰にも彼にも満足を与えるような作品を書くなぞ不可能中の不可能なことですからね。

　客観小説の理論の説明文には、客観性の加担者は、人生において行われたことの正確な再現をわれわれに与えようというのだから、複雑な説明や動機に関する長談義はすべて注意深く避け、われわれの眼前に人物と事件とを通過させるだけにとどまろうとする。彼らにとっては、心理は書物の中に隠されていなければならない。

良心による自己反省『自分鏡』とどろき

人間には道徳的良心があり、それを鏡として反省をする動物とも評されます。しかしその良心は素顔の自己を映す鏡になりうるでしょうか。残念ながら「ノー」です。どんな人も欲をはなれて自己を見ることはできないからです。

自分自身を知りなさいということ。西洋の格言「汝自身を知れ」ということで、自分の本当の相を知りなさいということであり、本願寺の説教では聞いたことのない話でありますが、信心をいただく上で極めて大切なことであります。蓮如上人は、「御一代記聞書」で人の悪き事は覚えざるものなりと御教示ですが、私たちの両眼は他人様を常時見ていますので自分の失敗は失敗と思わず、欠点は改めるどころか逆に大事にし、自分の本心が解らないものだと教えられています。

親分肌と言う前に守るべきこと

私の義兄は生前、建設会社を経営していた。私が卒業した中学校を建てたのも義兄だ。今は甥っ子の代なのだが。

昔は、地方では大学を出た若者でも、仕事のない日には現場の作業員のような仕事も手伝っていた。

話というのは、どうしてこうも悪く大きく広まっていくのだろう。

手伝っていた若者に対して、差別的な表現をするのは、おかしな話だ。それを言った方の娘さんの嫁ぎ先は、建設業を営んでいるではないか。娘むこさんを差別して言っていることになりますよ。外国人の作業員を雇っているとのことだ。人件費が多少は安いのかもしれないが、言葉その他、もろもろのことが大変だと思える。

ご近所の奥さんは二階のベランダから身を乗り出して手を振り、選挙カーに向かって応援していた。風の便りで亡くなったのではないかと知ったのは数年前のことである。

ところで、ご近所の奥さんは付き合いの多い方だった。総じて言えることなのだが、女性は男性に比べ、おしゃべりであることは確かである。しかしながら男性がもう少し奥様に気遣うところがあれば、夫婦仲もよくなるだろう。そのお宅には、どうしても飲み助が集まるので女性の話も出てしまう。ご近所のご主人が芸者遊びをしているらしいが、一方、奥さんは私に向かって「内職の賃金をご主人がピンハネしてますねんか！」と言う。

殿方よ、もっと奥様たちを大切にしてくださいよと私の夫を含めて申し上げたい。わざわざ我が家の玄関に来ておしゃべりされる奥さんもいるので注意を、とも言いたい。

夫婦喧嘩して出てきたので、何か買ってあげたのなんのって、おしゃべりしてしまえば友達ではなくなってしまう。サラリーマンの男性がサイフを握るとろくなことはない、という言葉は正しいと言えるだろう。商売人でも同じことだ。

商売人といえば、地元の方で手前みそもいいけれども、謙遜するのも悪くはないよと言いたい。夫がお役を引き受けた前後、ある酒屋さんから瓶ビールを一ケース届けてもらった時のこと、一方的に、いろいろな家庭の事情についておしゃべりをする。

これまで会話したことのある人ではない。腹立たしいのは、ケースの中の一本のビール瓶の蓋に目がくぎづけにされたように動かせなかったことだ。話が終わるまで……。商売人がこんな商売していたのでは、サビた一本の蓋によって見透かされてしまう。おまけに、「自分は足を開いていても誰も相手にはしない」などと言葉がおかしい。何か私のことで変な噂を耳にしているのではないのかと勘ぐってしまう。ここだけの話、何とかのはず、という無責任な発言は私の嫌いな言葉で親分肌として使うべきことばではありません。子守りに内職に、短時間ではあるが、お仕事を頑張って生きてきた私なのに……。

怒について、記憶の連鎖による思い出し怒りがあるというが、私にもあるように思えてならない。

逆にいえば正雄にもまた同じ恐怖のようなものがあるのかも知れない。

老いを迎える

認知症に向かって、そして手術

平成二十七年十二月、最新の給湯器を設置するため、電気屋さんが入って作業することになった。

長い間、電気温水器で楽をさせてもらい、苦手なガスの怖さもなく、ぜいたくをしてきた。今まで深夜料金が安いと思ってお風呂に入っていた。しかし、替えるものの方がずっと安上がり。やはり名前にエコが付いているだけあると思う。

昨年認知症と言われてからも自分では正常と思っていた正雄は、少しショックを受けているのか、寝ることが多い。

作業の人が来ているのに、トイレットペーパーを詰まらせるは、慣れない尿取りパットをトイレに流し、お水があふれたりで大変大変。詰まりを取るための道具を買ってきてよとメモ用紙を渡してもポケットに入ったままで役には立っていない。正雄は、今まで仕事で必要としてきた道具を買ってきた。明日取り替えに行けばいいと、そんな判断はできている。どこまで認知症なのかと迷う。お正月だからお札を買ってきてと言うと、暮れには近くの神社でお札を買ってきてくれた。

ガレージに車を駐車するのに時間がかかるので、私も見ていなければならない。家に入って間もなく、「カギをくれ、車を入れる」と言う。補聴器をつけていないので聞こえないから、見ればわかるだろうと好きなようにしたらいいとカギを渡す。「入れてくれたんかな？」とガレージの車を見て言う。

明日はお正月だからお風呂に入って体をきれいにしておこう、と風呂を嫌っていた正雄も入ってくれた。

平成二十八年のお正月を迎えることができたが、毎年自分で申し込んでいた「かぶら寿司」、あれだけ好きだったものが、正雄の頭になかった。私が申し込んでいたので食べることができた。

昨年、年賀状を出していなかった方の賀状をテーブルに置き、書いてよね！　と言うが、なかなか書けない。同じものを二枚書きかけていたりする。

一月六日に昔の会社の友人が来た。いろいろとお話をしているうちに正雄の話にもなる。「詳子ちゃん、可哀想」と言われる。

正雄がこうなったのは自業自得の面がある。相手は、ネット上で何かよからぬことをしていると思う。私はこれまであまりにも世間から冷たくされてきたから、自然とできた詩があるのよ、と聞かせた。


「各駅停車」

田舎のとある駅から乗車したひとり歩きのコトバは各駅停車で尾ひれが付いてまわります。

甘いお砂糖吹っかけていると蟻さんが寄り付きます。

肝心のことをそこに置き忘れ、あとから付いたコトバには花が咲きます虫も付きます。

時々虫と虫がお前消えろと押し倒し合いをするのです。

もっと良質の黒砂糖やハチミツを少量かけてください。

新幹線はのぞみ号、大都会にしか停車しません。

忙しない都会では右から入って左へと、誰も相手にはしません。

ネットの世界は特別よ、のぞきたくもないけれど、された人は大変。

それ以上にした人が今どうなっているかを見れば誰も何もできないでしょう。

彼女はこんなふうに詩をつくれるってことは賢いやん。「私は普通なんだけど」と言っておいた。「犬のまなざしに癒やされる老い」の文はコピーしたのを見せてあげた。

彼女の新車の座席にはお手製のパッチワーク仕立ての座布団、配色よくできていた。

正雄は季節がわかっていないようだ。寝てばかりいるからそうなってしまう。買い物に一緒に行くけれども、やはり駐車場に駐車するのは難しくなっている。道中、すぐに横道に入る。目的地到着には時間がかかってしまう。

十六日、実家から電話よと声をかけるが、明日すると言ってメモはしていた。

「バアチャン、ごはん食べたか?」と正雄が聞く。

二人で食べたとこやんと私は笑ってしまう。お父さん食べた? と聞くと、「食べとらん、ずーっと食べとらん」という返事。

ボケ漫才やなあと言って笑うしかない。

「昔の友人で会いたい人いる?」と聞いてみた。「〇〇さんにでも電話してみたらどうや！」と言う。その方はチャボ鶏を差しあげた人で、車の屋根にカゴを載せて、遠くまで帰って行った人のことだった。記憶は残っている。

二十日、直感についての記事を読む。直感とは、これまでのいろいろ経験し培ってきたことが脳の無意識の領域に詰まっており、それぞれが浮かび上がってくるものだ。

正雄は一月末なのに「なんと穏やかなお正月やな」と言う。和室でCDをかけてあげると満足そうに炬燵にもぐる。もちろん暖房も入っている。しばしの心地よいひとときを過ごしただろう。和室を出る時、正雄は「炬燵切ったか？」と後始末を気にかけている。しっかりしてるやん。

二月六日、正雄はお風呂。昨年の大晦日に入って以来だ。神様にお参りするんやから体をきれいにしよう。一時間近くも入ってくれた。スッキリしたと喜んでいたので私も気持ちがスッキリした。

言ったことも書いたこともしてはくれないので、昔の嫌味を書いたりすると怖い顔をする。やはり感情はとぎすまされていくんだ。私の薄いグレーのコートを褒めたりもする。「このコート、四年前に買った好きなコートなんよ。お父さん男前やね！」と言って私はその場から立ち去る。

二十七日、まったく正常にも見える。ただ、お昼ご飯の直後に、腹へったと言う。「食べたんよ」と言うと、「なら、なんで腹へるねん!」。満腹中枢が故障してるんよ。

二十九日、トイレ通いしながらも十二時のお昼には、ダイニングの正雄専用の椅子に座る。ギョウザを食べた。その後のお薬をお箸でつまんで口に運んでいる。思わず笑った。この日は十二時の昼食から夜の八時まで、ずーっと暖房の前でボーッと考えごとをしている。何を考えているのか、変わっていく自分が理解できなくて悩んでいるのかもしれない。

お昼のギョウザを食べたあと、歯磨きをしているのに私に向かって「口が臭い!」と言う。私も歯磨きするからお父さんも一緒にしようと誘うと、首を振るので「ずるいよ!」と言ってブラシを口に入れた。嫌がる。

翌朝、紙に五千円と書いてテーブル上に置いてある。正雄に「お墓の管理用ならば支払って来たよ」と声をかける。「払ったんか?」と三日前の話を覚えていた。気にかけていたのだろうか、それとも急に思い出したのかな?

二月十七日、医大に行く日だが、なんだかバッテリーが切れているのか車が動かない。その話を先日から正雄に何度も書いたり言ったりしていた。正雄は車が動かないことを気にかけているようだ。朝起きてみるとテーブルに、いつものように忘れないようにと思ってのことだろう。車が動かない、と書いた紙がある。長時間椅子に座っていると記憶がしっかりしてくるのかもしれない。

食欲も出ている。医大の日ではないけれども、「行くの忘れていた」と言う。来週の水曜日に行かなならんと言う。時には十二時間暖房の前に座ったままでいる日もある。寝てばかりの日と極端や。コロ君のドッグフードを出してあるのに、また出そうとしている。

正雄の実家から電話があり、伝えるが、「出たくない、もう寝る」との返事。もう一度声かけをしてみた。「今か?」と言う。電話に出て、元気な声で話をしているが、しかし作り声なのがよくわかる。

いったん切ったのに、またかけている声がするので行ってみた。我が家のファクスのランプが点いているのを相手方の電話のランプと勘違いしている。実家に対して、「ランプ点いているから、ちゃんと受話器を置くように」と言っている。

二月二日、車でのお出掛けなので、補聴器をしてくれない正雄のためにマジックと紙を手に助手席に座る。信号待ちが長いとよそ見もするし、今どこにいるかも覚えてはいない。「どこ行くんや!」と急に言い出す。先日、寒いのに、なかなか上着を着替えてくれなかったのが、今日は気持ちよく着替えてくれたので、クリニックに行ってくれるものだと思いきや、「病院へ行くために早起きしたんではない」と言う。「バアちゃんの病院へ行くんか？」と聞くので、「そうや、バアちゃんを乗せて行って」と頼む。「うん！」と言ってくれたのに行かないと言って頭を振る。仕方なく、私がお薬だけをもらいに行くことになった。

夜になり、節分のお豆さんを正雄の目の前で見せる。「今日これの日なんだけどわかる？　何の日かな」。正雄は首を振る。「お豆さん食べると良いことがあるよ」と紙に書くと食べてくれる。私も書いてみたり、言ったり、ゼスチャーしたりと試みる。私だって腹の立つ時もある。ストレス解消で昔の憂さ晴らしで独り言を言ったりもする。

十五日、下着がきたなすぎるので捨てた。犬のコロ君のお相手もしなくなったが、枕元に来て座っているコロ君を時々嬉しそうに見ていることもある。医大に行かなければならないからと言って全部着替えてくれた。

十七日、八時四十五分に家を出る。曲がるべきところで通り過ぎたことが間違いの元。横道に入ったりグルグル回ったりで走って走って、着いたのは京都。京都の町中もグルグルと同じところを通る。帰る方向に走りだすが、いつの間にか高速に入った。口で言っても聞こえていない。しかも逆走。料金所をガッ！　ガッ！　と突破する。本人はいたって落ち着いている。横の私はパニックになり、大声を上げる。左側をゆっくり走っているので無事に出ることができたけれども、何台もの車から合図が出ていた。

高速を下りても、すぐに横道に入る。狭いところへ狭いところへ行くので行き止まりになる。まっすぐ行ってと言っても通じない。田んぼの近くまで行ってしまった。ユーターンできなくなってしまった。

農作業をしていた方にお願いをして、墓地で方向転換してもらった。やっと帰れると思ったのに、また狭い道へと向かう。「もういい、今日はここで泊まる」と口走ったが、正雄の耳には入ってはいない。とにかく一服しようと手元にある食品と飲み物をあげた。しばらくして、また走りだす。車の中で私は興奮していたので暑かったが、正雄は涼しい顔をしていた。

駅前でも一方通行に入ってしまって大変だった。その後はよく知った道でもあり、まっすぐ帰ることができた。疲れはてた私は、コロ君が出迎えてくれたのに「コロ君ゴメン！　ひと眠りしてからお散歩にしようね」と呼びかけるのが精一杯。正雄にはあり合わせの食べ物を出したが、車の中で食べたせいか、あまり進まなかったようだ。

私は二階に上がる。二時間近く寝ただろうか、コロ君が戸をこする音で目が覚めた。下りてみると、正雄はずーっと暖房の前で座ったまま考えごとをしている。私はコロ君とお散歩へ。夕食後、「お父さん、今日どこへ行ったのか覚えてる?」と聞き、こんなことあったのよと書いたりしゃべったりもしたが、何も覚えてはいなかった。

翌日は私一人でお薬だけを取りに行くことにした。ついでに電話でお願いをしていた紹介状もいただいてきた。三月に転院することになった。十九日の今日は、十日遅れの母の七回忌に娘と孫も一緒に京都まで行くことになり、正雄に声を掛けたが、「遠慮しとくわ」といつものセリフ。出掛けた車の中で足元に掛けるためのショールを見せ、「お父さん、これね、母の形見のショールだよ。コロ君のこと頼むね!」と言って、コロ君が出てこないようにエサで正雄にごまかしてもらい、家を出ることができた。

二十一日、まだしっかりしている今の間にいろいろとたずねることもある、整理をしておかなければと、片付けていると、それが気に入らないらしい。

「今頃、何をしている。古い物を触るな、気分悪い!」と怒るので私も負けずに、「少しずつ整理しなければ何でもかんでも残しておけない! いったい誰が片付けするのよ」と返す。そろそろ申告のこともある。忙しい。

二十四日、「お父さん、何か悩みある？」と聞いてみると、「パーだから何も悩むとない」と笑っている。手でゼスチャーもしてみせる。わかってる、賢い！

二月二十五日、介護生活のスタートなのにコロ君とお散歩中に留守番犬の小屋に近づき、リードがからまり、それを解こうとして手を出した。相手方の犬に嚙まれてしまった。怖くてぐっと引いた時に無理をしたのだろう。手から出血している。外科医院に行くけれども木曜日でお休みだった。スーパーの出口のところに女性がいて、調べてもらったら、この上にあるクリニックで見てくれるとのことで行ってみた。待っていてくれたように見えた。整形外科ではない、消毒と化膿止めのぬり薬をもらえた。一番心配なのが狂犬病のこと。聞いたが、そこまでは……と言われただけで先生は何もされなかった。

嚙まれた時に、狂犬病注射のことをご近所の男の方に聞いたが、「わからん、犬小屋のある庭に入ったんか？」と言われる。こちらが悪いので聞きにくい。

二十九日、私は右手が痛くて字が書けないし、食材が切れない。傷の痛みと腫れが増すばかりで普通のケガと違うな。八日に近くの整形外科に行ってみる。

レントゲンの結果、「骨折している。曲がっている」とのこと。私が見ても骨折は明らか。先生は「見たものはほっとけない」と妙な言い方をされる。「夜眠れないほどに痛みますか？」と笑って聞かれる。「そんなことはありません」と答えた。そんなに痛いものであれば、とっくの昔にレントゲンを撮りに行ってるでしょうにと思った。先生は骨折したところが傷の近くなので感染症が心配されるとのことであった。すぐに他の病院を紹介してくださる。

九日、さっそく紹介された病院へと行った。手術しなくても施術で大丈夫といわれるので嬉しいと思った。グッ！　と引っ張ってくっつけられたのか、とても痛かった。ギプスをされて当分の間は動かせないとのことだった。利き手の右手が使えないのは不自由。使わないので腕が凝る。肩凝り、頭痛、腰痛を知らない私なのに、骨折をきっかけにいろいろと出てくるのではないかと不安になる。病院では左利きなのかと聞いた人もいた。家族三人ですかとも。病気も探られているようにも思う。

三月十三日、娘と車の売却に行く。孫にはその間に食材を切ってもらっている。

十七日、タクシーで病院へ行く。正雄の腎臓がかなり悪いような言い方をされる。体の数ヵ所にアザがある。手はひどい。どこで打ったのかと聞いても、いつでも、「いいんや、いいんや」と意味不明。どうも薬の副作用のようだ。外出できたついでに院内で散髪をと思い、連れていくが、「することなすことがメチャメチャだ！」と言って機嫌が悪い。散髪しないと言う。病院から帰ってくると車を取りに行くと言い続ける。

恐怖を感じたドライブのあと、車を九万円で売却できたので、そのうちの一万円を娘にあげて、残り八万円は今でも引き出しに入れてある。説明もして喜んでいたのにタクシーを使っていることが納得いかないのだ。まだまだ運転できると思っている。

正雄は私の部屋に上がってくるなり、夜なのに車を取りに行くと言ってきかない。髪を引っ張ったり、竹刀で頭上をたたいたり、首のところを踏まれたりして、とても怖い。手が痛くて抵抗できない。湿布をすることになった。

正雄は、翌朝も車のことを言う。また警察に電話を入れ、「家内が勝手に車を処分してしまった」と言っている。奥さんに代わってくださいと聞こえたので、私が出て、事情を話すと、すぐに行くとのこと。あまり大げさにしないでくださいと頼む。警察の方に事情を聞かれるが、認知症のことをご存じないようだ。正雄も自己主張しているので、警察の方は誰かに電話で相談をしていた。電話の相手は「認知症なんだから教えても無理だろう」と言っているようにも聞こえた。今日のようなことがあって怖い思いをした時は、娘さんの家に身を寄せるか、市の生活課に電話でも入れてくださいとのこと。正雄の介護も犬の世話もあり、それはできませんから大丈夫ですと言っておいた。どうしても嫌な時は二、三時間でも図書館にでも行くよと心の中で思った。

十九日、正雄はまた車を取りに行くと言ってきかない。車、車と言うけれど保険も切れていると話すと、保険会社に電話するので番号をと言う。保険会社は正雄のお兄さんの知り合いなので番号を教えてあげた。昨夜、義兄さんには話をしておいたので、なんとか対応してくださると思ってのこと。正雄は電話をかけているが、もう一つわかっていない。車屋さんと間違えている。車の手配をお願いしている。よい車がないのかと、頼みますと。心配して娘が来てくれたが無駄。

急に自転車に乗って出掛けてくるという。ふらふらしてころぶ。安定感がないのを自転車のせいにする正雄。国道の脇の廃車の山の中、あのあたりに自分の車を置いていないか見てくると言うのだ。私もついて行き、連れ帰る。「お金をくれ！」と言って、一万円をポケットに入れて歩いて出掛けた。娘と話をしていて、そろそろ正雄を見に行こうとしているところへ帰ってきた。留守は二、三十分間のことだった。ラーメンを食べてきたと言う。娘と顔を見合わせて首をかしげる。それが本当ならば、おつりがあるはずである。ポケットを見ると、ちゃんとつり銭があった。まだ大丈夫や、しっかりしている。

二十日、勝手の戸口を二重の柵にするための板を買ってきてもらった。昨年暮れによくコロ君が脱走していたからだ。原因はわかった。作業員さんがガレージの板を外していたために、すぐに脱走できる環境にあったのだ。

一度味を覚えたコロ君は、必ず裏のあの場所に行くが、今は出られなくなった。柵がぴったりで、ちょうどよかった。

「お父さんには車や武道のお話はできないからね」と娘に禁句と伝えておいた。まるで火がついたように、あちこちに電話をし出すのだ。先日、ケアマネージャさんが来た時に、正雄に元気をつけてあげようと良かれと思っての発言は失敗であった。昔を思い出すことになるから。

二十七日、正雄の機嫌が良くなるのは、買うつもりのない車でも一緒に見に行き、説明も聞くこと。安心するようなので娘と行く。

三十一日、介護3の認定が出た。ジイちゃんを外に連れ出したくて来た娘と孫。花見に行こうと思って、お弁当も準備していたのに、誘ってもいつもの決まり文句、「遠慮するわ！」だった。コロ君も行くんだよと言ってみても無理。でも私は、この年も恒例の花見が楽しめた。四月一日よりケアマネージャさんが代わった。

五日には正雄の病気をしっかり調べてもらいたいので、もの忘れ外来の予約を取った。我が家の大蔵省は私ではなかったので、まったくどうなっているのかもわからない。よく働いていたわりに年金などは少なく感じる。もっと他にあってもよさそうなのにと欲が出る。

七日、施術をして一ヵ月になろうとしているのに、私の右手は思うように動かない。肩や首まで重い感じがする。三月の総会の案内が入っていなかったことに気づく。二日前の回覧で、組長さんがこの人なんだと知ったのだ。回覧板を回してくれる家に電話を入れるが繫がらない。行ってお話をする。いじわるじゃないと思うけれども、夕方には総会の案内が入っていた。

十二日、警察から電話があり、免許の申請はしませんと言っておいた。「それでは今後、車の件で揉めるようなことあれば手助けしますのでここに連絡をしてください」と番号をいただいた。免許証の返納は本人でなければ無理とのこと。県によっては特典があるのに、ここでは特になく、残念だった。

珍しく看護師さんが来ると言うと着替えてくれた。看護師さんに何を話しかけられていても布団をかぶっている。「寝不足だから寝させてもらう」といつものセリフ。今日、散歩途中にドラッグストアに立ち寄ると、同じ組のご主人が来ていて、杖をついて真っ赤な顔をしている。どこか悪いのかな？　と感じた。

十六日、震災について正雄は気づいたようだ。毎日、ニュースを見ていると思ったが頭に入っていなかったのだ。

電柱立て替えのチラシが入っていた。日時、場所、時間、その他が鉛筆で女性らしい字で書かれていた。今どき鉛筆とは珍しい。説明文が特に太い濃い字なので、鉛筆は目立ってしまう。正雄は眼鏡も掛けずに電話帳をペラペラとめくっているだけ。どうやら車のことが頭から離れないようだ。「お前のせいでどこにも行けなくなった。車を捜せ」と大声を張り上げる。車を見に行くのはいいけれど保険も切れているし、免許センターで高齢者の講習受けて合格しなければ乗ることはできないんだよ、と書くと、ウン！　と落ち着く。車で散髪に行くことにした。それも車を見た足で行ったので成功した。本人も喜んでいた。満足のよう。帰宅して、夕食の時は、「いただきます」と大きな声で嬉しそう。

暮れに設置した給湯器のお金、立て替えておいた分を口座から出したいのだが、残高がマイナスでどうにもならない。農協さんに来てもらい、一つ解約して穴埋めできた。他に自由になるものはない。一昨年、正雄があまりおかしいので、「何か私に迷惑かけていない？　どんな迷惑をかけたのか書いて、迷惑料百万円よ」と言ったら、百万円を持ってきた。「こんな大金、もらえないから」と言って返した。

四月二十六日には病院で紹介状を書いていただくようお願いした。それを持って、もの忘れ外来に初診。ところが同姓同名の人と間違えられていた。データも似て非なるものであった。紹介状の間違いを認めた医師、「よく知っている方で、息子の事故の相手の人なんです。年賀状も何度か来ました」「ああ、世間は狭い」と、あってはならないミスだった。

五月十三日は私の受診日。以前、この先生が「もともと尺骨が少し長いので手術するようになるだろう」と言っていたので、一ヵ月で骨はついたが右側に回らないのだ。それを手術で治すということになった。経験豊富な先生へとバトンタッチとなった。骨に自然治癒力があると言うので、それならばもう少し待ってみようと一ヵ月先まで延ばした。そのままで経過を見ることになり、十二日からサポーターを付けてみた。

十四日、今朝は尺骨の先が腫れて少し熱がある。サポーターをしない方が楽。二日間湿布をしていたのを外してみた、痛みが和らいだ。付けたり外したりする。

十七日、最近雨がひどいせいか、お隣の樋（とい）が壊れたところから音を立てて雨水が流れ落ちる。お願いしていたが、まだ修繕されていない。そのうちに電話があり、予定より一日早く修理してくれた。新しい樋との取り替えなのですぐにできた。以前よりかなりましなのだが、それでも雨は入ってくる。お隣との間が狭く、そのうえ、下がコンクリートなので大雨の時はどうしても流れ込む。

六月一日、今年も姉の形見のカラーの花が一鉢に四本も咲いてくれた。庭先のカラーも楽しむことができた。

六月十日、しばらく電話のコードを外していたのを久し振りにつけてみると、着信記録のところが二〇二二年となっている。どうしたことかと……。

十四日、自然治癒力は無理だった。再手術決定。

十六日、手術の前に草刈りの件をなんとかしておきたいと気になっていた。正雄に何度も書いて草刈りもうやめようよと提案。「ウン」との返事。よかった、ＯＫが出た。葉書では失礼かと思い、お手紙で、草刈り中止のお知らせと、これまでのご厚情に感謝の言葉を添えることとした。

六月七日、久し振りにピラカンサスの剪定。脚立の上から作業をする。思ったほどに手は痛まないが、右側に回すことはできない。力も入らない。

八日朝、正雄は関係のない引き出しを開けて、私の服をあたりにちらかしている。服の上に服を着ているが、わざとらしい。昨日私が、「認知症じゃない！」と書いたのが気に入らないのかな？　トイレの大の方もわざと汚しているような気がする。なぜならば長めの文章を書いてもちゃんと意味がわかって、判断できている時もあるからだ。気に入らないと破いてゴミ箱に捨ててある。時には着替えを嫌がる正雄に繰り返し言うと、「人の嫌がることをするな」とハッキリ言える。お芝居をしているのかなと書く。気に入らないようだ。

もの忘れ外来の先生は「初期ではありません。認知症に間違いありません」とおっしゃる。書く、読む、判断がまったくできないわけではない。自分からテレビをつけることはない。新聞はまったく目に入らない。本を読むなんてことはない。病院に行く時のタクシー代がもったいないことはわかっている。口に出して言う。

私の手の調子はというと、病院に行くたびに二回のレントゲン撮影、かなりの回数行っている。できることならば、レントゲンは最小限にしてほしい。傷のあたりに水ぶくれがあったり、赤いツブツブが気になる。先生にレントゲンはあまりしたくありませんと伝えておいた。

永井隆さんの『この子を残して』から

原子爆弾で母を亡くし自分も被爆してしまい、子どもと一緒にいられるのもようやく取りとめたものの、それさえ間もなく失われねばならぬ身でありながら、当時のレントゲン一日〇・二レントゲン単位なのにずいぶん上回る放射線が肉体に射ち込まれていたという。このことが数年続ければ原子病の起こることは確実。これまでの研究は爆弾によって灰となったが、その絶望は半日と続かなかった。まったく新しい病気、古今東西の学者がまだ見たことのない病気、私たちが医学史最上の観察者として選ばれた病気、原子爆弾症、この新しい病気を研究しよう。そう心に決めた時、それまで暗く圧しつぶされていた心は明るい希望と勇気にみちみちた。

これを読んで、これぞ研究者の心意気というものだろうと思った。

七月に入ってすぐに手術となる。しかし全身麻酔というのが気がかり。免疫力が低下して全身麻酔することで出てくる病気もある。感染症にかかりやすく、特に高齢の場合は体にこたえる。寿命が六年も縮むというくらいだ。先日原付の高齢者講習会の案内が来ていたが、手術後になるので無理はできない。欠席とした。娘は私が事故を起こしでもしたら大変と思ったのか、廃車にすると言って届けを出してきた。孫ももう少し乗れたものを……。近いうちに免許を返納しよう。

どうしても全身麻酔はしたくない。他の病院の先生ならば、この程度の手術の場合は局所麻酔と言ってもらえるのではないのかな？　本当ならば同じ院内でのセカンドオピニオンを得たいが、担当医に悪い気がする。他の病院でも聞いてみよう。総合病院に行くことにした。画像もなく紙に書いてあるだけでの説明書では、と言うだけで私の顔を見ない。自分も全身麻酔を勧めるとのこと。紹介するのならば手専門の先生を紹介するとのこと。なんだかどこに行っても変だよ。看護師さんが、紹介状がないと高くつきますと言う。わかっていて来てるんですと言った。情報が入っているのはわかる。

副会長さんが平成七年十月に「神経症で私はね、いろんな病院に行ってるのよ」と言ったことを思い出す。ご自分で自分のことを言うのはおかしい。午後に診察を予約していたので、もう一度全身麻酔をしたくないことを話してみた。麻酔の説明をした先生が若い方だったのも気になる。「あの先生なのですか？　よく考えておきます。麻酔をして熱が出たこともあります」など話しておいたので大丈夫だろう。

七月一日、いよいよ入院当日、正雄のことは娘に頼んでおいた。長くなるといけないので着替えなど多めに準備してきた。お昼をすませて出てきたので、明日手術だからと夕食は抜き、夜の九時からはお水も飲めない。うがいするだけにした。夜、足のふくらはぎの寸法を測られた。M寸、長時間じっとしていなければならないことに配慮して、静脈血栓症を予防するＤＶＴシステムという足のマッサージ機をつけるとのこと。

当日の朝、麻酔の先生は男の方だった。病室にみえたので、「先生、どうしても全身麻酔ですか」「そうです、上半身の場合はそうなります」とやりとり。しかし私にしてみれば、手の先ぐらい局所麻酔でいけるのではないのだろうかと考える。全裸というのが気にくわない。三時間の予定といわれるが、強くかかりすぎて亡くなった人もいると書かれた本を読んだことがある。

正式名は「とう骨矯正骨切り術、尺骨短縮骨切り術」とのことだった。いよいよ手術着に着替えて歩いて手術室の前へ。看護師さんが私の名前を言ってから足で戸を踏み、開かれる。中に入ってもう一度名前を言う。緊張しているせいだろう、女性がいるのになぜか男性ばかりに見える。

台に上がり、すぐに静脈に針を入れる。痛い。そのうちに口にマスク。アッという間に眠ってしまったんだろう、何も覚えてはいない。気づいた時は三時間十分ぐらい経過していた。少し目を開けると、娘が「おばあちゃん」と声を掛けてくれる。また目をつむる。レントゲンを撮り、部屋に帰りますと言う声が聞こえる。部屋に主治医がこられ、思ったより早くできましたと言う。二本行う予定が一本ですんだからだ。麻酔量は三時間分であり、余分な時間を眠っていたことになる。

その間何をされたかわからない。痛みは手術後、ないのだ。先生に「お上手なのでおかげさまで痛みがありません。ありがとうございました」と言っておいた。点滴は四日の朝より五日朝七時頃まで続く。足も左右交替で電動で締める。

尿道には手術時から五日朝まで管が通される。電動でとても温かい。ベッドにはナイロンが敷いてあるために腰のあたりが電動であつく、汗が出る。点滴の袋がびっくりするほどに大きいのでお腹がすくわけがない。娘がお寿司をとフォークにさしてくれたので、二個食べた。点滴の大きな袋はたくさん食べると思ってのことなのか？私は水分補給は十分にするが、食べる量はどちらかと言うと少なめである。ベッドを少し高くして食事したままであった。

深夜目が覚めた。少し痛む。包帯のところから出血している。処置をしてくださる。あまり痛みが少ないので点滴の中に痛み止めが入っているのかと聞いてみた。「入っていません。一応痛み止めのお薬は出ていますよ」との返事。多分、薬嫌いの情報が入っているのだろう。痛み止めは一回だけ飲んだ。

夕方から夜にかけて二回も本人確認と言って、手に名札がついているのを写してい く。本人確認ならば「お名前は？」と聞く方が確かなのではないのか。名札が間違って付いている場合もある。病気が重ければ口で答えられぬ。

夜中、点滴に空気が入ったと言って、看護師さんが先輩に来てもらって指導を受けていたので、「空気が入って大丈夫なんですか？」と聞いた。患者さんには問題がないんです、とのこと。どこの病院でも言えること。患者に問題があるのですよ。

朝方、どこからか音がする。どうも足元の電動が切れて、その音のようだ。二回目のナースコールをした。二人の看護師さんは手術前に脱いだ衣類、ナイロン袋に入っているとはいえ、一番上段の引き戸の中に入れた。上ではなく下なんでしょうが。

五日に退院、当分感染症に注意しての生活。一週間うがいとマスクを励行することに。体温も測る。退院日の夜は片目が充血していたが、すぐに治った。

五日目頃から手の先から肘にかけて、ところどころが内出血しているのに気づく。強く押さえたりしばってあったりしたためなんだろう。

七日は手術後の初受診、先生の顔がまともに見られない。気のせいなのか、にやけて見える。手術の翌日、朝食後老眼鏡をかけて読書をしていた時のこと。目の前に黒点が出て、横のカーテンを見ると同じように黒点が移動する。蚊が飛んでいるように見える、これが飛蚊症だと思った。その後はリハビリ室でも順番を待っている時間に老眼鏡かけて読書、また黒点が。そのままじっとしていると少し黒点が上に移動しただけ、やはり目なんだ。本で読んだことがある。目に傷がつき出血したりすると飛蚊症になるが治るらしい。私は、その二回だけで以後なかった。アゴがガクガクしていたのも治った。ただ握力だけは当分つかなくて自分なりにリハビリをしていた。リハビリ担当の女性の手がとても温かいので、このお仕事が向いている人なんだと思えた。手の治癒力というのがある。五分ほどでよい、手で自分や相手に触れることで分泌されるオキシトシン。

フランスの産科医フレデリック・ルボワイエは次のように言った。

「生は誕生において始まる。子どものお腹は飢えている。でも肌も同じぐらい飢えている。肌を求めている。背中も背骨も触れられることを感覚を追い求めている。愛撫しながら乳児のお腹に授乳すること、すなわち子どもの皮膚や背中に食物を与えることは、乳児のお腹を満たしてあげるのと同じくらい重要である」と。親に触れられなくなった子どもたちの心の問題は親世代の私たちの問題として重くのしかかる。

十日、正雄は紙に書くことは気になるようだ。補聴器もかけないで電話をかけているようだ。会話できているのだろうか？　私の兄や姉に取り次いでくれという。姉は翌日、いったい何だったのかと聞いてくる。紙に書いたことが気になったようなんよと答えた。

コロ君にもストレスがあるようだ。お散歩できないから自分の足をなめている。なめて癒やしているのよ、私は心の傷が深くて正雄に八つ当たりすることもある。と言っても手や足は出さない。人間も犬も癒やしが大切よ。コロ君はまるで人間のようにじっと見つめる。まばたきしない競争は、私が先に負けることもある。コロ君のまなざしは癒やしの目。

リハビリを頑張って、手が動くようになった。痛みもなく、以前のように腕立てふせができるようになってきた。安堵した。噛んだ犬の家の人は何もご存じない、とんだ災難。七十歳を目前にしてのことだった。

八月九日、正雄の脳の血流を見る検査ＩＭＰ－ＳＰＥＣＴの結果が出た。脳血管性認知症とアルツハイマー型認知症とのことだった。最近では認知症と思い違いされるような男性更年期があることが注目されている。テストステロンが減少すると筋肉や骨が減る、気力がなくなる、熟睡できなくて疲れやすい、頻尿、太りやすい、うつ病になる。改善には趣味を持つ、運動、温泉に入浴すること。

八月十一日、娘と孫がお墓にお参りに行く。百メートル行っては休憩、行っては休憩と七回続けて到着。入る前には帽子を脱ぎ、ご挨拶する心構えを忘れてはいない。疲れていると思い、座っていてもらう。その間に花立てを洗って帰ってくると、花立てのところにすでにお花をさしている。お水も花立てもない穴に入れている。ロウソク立てを出してお線香をつける。そのロウソク立ての中にお線香を立てている。

急に立ち上がり、正雄は歩き出す。駐車場の車のないところで座っていた。ゆっくりと認知症が進行していくだろう。なるべく外出をと思うが、車がなくてはそれもできない。

八月十四日、近所の犬の小鉄ちゃんは相変わらず人なつっこい。コロ君も来て、フェンスのところでご対面。正雄のことを聞かれた。ご自分のお父さんは七十三歳で脳梗塞に狭心症もあり、体が思う通りに動かなくてもどかしいようだと言っていた。お母さんは元気でカラオケ三昧とのこと。

十五日、正雄のＤＶＤを調べてみると百五十枚はある。しかも百枚は戦争もの。私なんて、こんな映像を見ていたら一枚でも疲れるのに、いったいこれほどのものを何年間で楽しんだのかは知らないが、燃えつき症候群だったのかなと思ってもみたくなる。

二十一日、犬のコロ君を連れて爪切りに行く。娘が教えてくれたお店、五百円でできちゃった。怖がりのコロ君はそそうをしてしまった。大変！　帰りにティッシュの箱五個入りを置いてきた。

二十四日、爪を切るのに老眼鏡をかけているので、正雄の様子がよくわかる。足が片方むくんでもいるようだ。だるいからテーブルに足を上げている。深夜に起きていることが多ければいけないと思い、ぬり絵を一緒にしようと二冊買ったのに、横で見ているだけ。ぬった私の絵を褒めることも忘れない。

今晩は一九七〇年代のテレビの再現を遅くまで見ていた。クマに襲われた大学生五人の三日間の戦いは言葉では表せないこと。クマの嗅覚は犬の五倍という。一度ねらった獲物は、執念深く手に入るまで追う。クマは五十キロのスピードが出せるそうなのだ。大学生の服やリュックサックに熊の臭いが付いてしまったものは、どんなに遠く逃げても追いかけていくのだ。五人中三人が殺されてしまった。クマの怖さを知ることになる。

八月二十九日、正雄の物を整理していると、よくわかる。息子が亡くなった二年後は大会の準備をしたり、お役を務めたり、功労賞もいただいたりと、あの頃はよく頑張っていた。だが、ここ五年で特に弱ってしまった。ネット上で何かしている人たちがいる。利益を得るためにね。自分で自分のことは何もわからない、客観視できないからだ。しかし他人はこの自分をいつでも見ている。鏡に映る自分は見ることができても、自分の目で自分の顔を見ることはできない。どのような表情で人と話をしているかも、歩く姿も後ろ姿も見えない。

九月六日、もの忘れ外来の薬をやめたので、もう行くこともない。

十月、正雄は薬を苦いと言った。よく考えてみれば粉薬でもないのに苦いわけもない。噛んでしまったのだろう。胃の中で溶ける時間が計算されて作られていると思うのに、噛んでしまっては効き目が変わってくるだろう。ロボットの時代と言われるが、正雄が薬を噛むということまでは想像できないのだろう。ロボットには手に触れて人を癒やすことまではできないだろう。人の肌のようなロボットを作るというのだろうか。

九月三十日、今日は病院の日なのに時間を間違えたのか、娘が来ない。タクシーで行くことになった。正雄は待っている間、腹へった！　と大きな声で言う。売店におにぎりを買いに行き、帰って来ると娘が来ていた。

病院が終わったら次はクリニックの予定。その前に時間があり、スーパーの一角にある理髪店で散髪を気持ちよくさせてもらえた。お店が賑やかなので気分が乗ってきたのか、正雄は「バアちゃん、一万円持たせてくれないか?」と言う。声が大きいのでお店の人がこちらを見る。いくらしたのかと聞くと安かった。それなら来る人はあとをたたないだろう。外に出れば自分でお買い物をしたくもなるだろう。あれだけ買い物好きな人だったもの。自動販売機でジュースの一本も買えば元気が出てくるというもの。そんな正雄も散髪をした場所が病院だと思っているのでびっくり。

十月十日、正雄から春以来、寒いという声をまったく聞くことがなかった。娘と、どうなったのかね、感覚がなくなったのだろうかと言い合った。昨年まで年間九カ月は電気毛布の必要な人だったのに。

十月に入って私は寒い日もある。特にふところは寒い。金利を下げても景気が上向かないで後退していく現状を長期停滞と言っている。資本主義が弱肉強食の世界を作りあげた。行きすぎた資本主義、ジャック・アタリ氏は、巨額の利益を上げるために大企業の不正事件が起きる。成長にも限界がある、と。我が家の家計も大変よ。

脳血管性認知症とは、その大部分が、脳の血管が詰まって起こる認知症。症状は「記憶障害」「無気力・無関心」「感情の不安定」「実行機能障害」。判断力や思考力は比較的保たれている。アルツハイマー型の場合は、いくつかのことを同時に行うのは難しいが、一連の動きとしてしまえば、体が覚えていくのだと思う。近年、認知症の方は多くいらっしゃる。私が認知症を知ったのは、やはり身近な人たちの話を聞いてのことであり、二十数年前には有吉佐和子さんの『恍惚の人』を読んだ時でもある。

長寿国日本、誰でもなる可能性がある。いつとはなしに忍びより、住みつく癌の影を見つけるのは至難のわざ。長寿の国に生まれ、ぜいたくゆえに患う病気もあるだろう。ネット社会がもたらす新しい病名の新発見もあるだろう。一人一人が誰のためでもなく自分自身のため、ひいては家族に迷惑をかけないためにも、少しでも健康寿命を長く保ち続けられるよう日々の努力が必要だろう。

十月十八日、例年より二週間遅れの金木犀が満開となる。見事な花の香りをのせてやってきた。

十二月十日、「お父さん、年いくつになったの?」と聞くと、「もう六十近いなあ」と真面目に答える。私は吹き出しそうなのをこらえて、そうか、もう還暦やなあと言ったものの笑ってしまった。「バアちゃんといくつ違うの?」と聞いても、なかなか答えてはもらえない。耳元でゆっくりと話す。そんなややっこしいことを言うなと言うので、いよいよ笑いまくった。数カ月前より氷を食べるようになった。そのせいか、最近まぶたがむくんでいる。薬の副作用かもしれない。鉄貧血の場合、四十パーセントの人が氷を食べる異食という。氷を作らないようにした。空なのに何度も開けていたが、そのうちにあきらめたようだ。

正雄の血圧を測っている最中に急に「やめてくれよ！」と言う。いつも機嫌よく測らせてもらえるのに、よく見ると血圧計がきつく締めつけているようだ。「早くなんとかしてくれよ」と声も大きくなる。エラーとも出ていないので止めて、もう一度やり直す。

「バアちゃんの代わりに血圧計がジイちゃんをいじめてるんやなあ」と笑って言ってみたが、嫌な思いをしたあとは難しい顔をしているだけで冗談は通じなかった。

二十五日、二十八日、二十九日と急に車のことを言い出した。車を預けた所から電話がかかってきていたが、どこの家なのか着信を記録していないのかと煩い。菓子箱でも持参するのでお金をくれという。お金を渡してもサイフやポケットに入れてしまうと「お金がない！　お金くれ」の連発。どこの家かわからないかと何度も聞く。

免許証を見て、切れていることを納得したのに、そんなら警察に取りに行くと言ったり、車を取りに行くと言って反対の方向に歩き出す。中学校前まで行くと急に病院に行くと言い出す。「今日は日曜日でお休みよ」「なら、あかんな」と理解したので帰路に向いて歩くようすすめる。認知症の人はうまく話を作ったり、同じことを何度も言うにしても、急に極端よ。

大晦日、正雄はお昼にお風呂に入ってひと眠りし、四時過ぎに二人で神社にお札買いに行ってきた。歩くことで昨日よりも今日、今日よりも明日としっかりした足取りになってきたようだ。

新年を迎え、義兄の年賀状には、大手術をした姉が昨年十一月中頃より簡単な会話に応答できるようになったとのこと。新年早々すばらしいお祝いになるようだ、よかったこと。三女の姉は、父の入院で母が付き添っていた時、私たちの母親代わりだった。運動会には姉の友達と一緒にお昼用の重箱持参で、大声で応援してくれた。今でも耳元に声が残る。あの頃に想いをはせる。

長寿国日本だけれども、元気そうに見えても高齢者はちょっとのことで体調をくずし、風邪が元で肺炎となる人は多い。六十五歳以上の人は肺炎球菌ワクチン接種を受けておくにこしたことはないだろう。私も初めて受けた。平成二十六年から定期接種が始まったが、二十八年には二倍以上の四十三パーセントに増えたと、製造元の医療メーカーが出荷量から推定したとのことだった。

今日はお天気も良い。正雄が車と言い出したので、車を取りに行こうねとカメラ持参でいつもの道を行く。正雄は車にはとても注意をしているようだ。中学校前の赤い椿の花の下で認知症になって初めての写真を撮る。よくわかっている。こちらを見ている。帰りには自動販売機のコーヒーを飲んで家路に向かう。これからもこの繰り返しの日々が続くのだろう。

老いること

中途難聴になるということは常に不安が付きまとうだろうし、聴き間違いから起きる失言、人の声だけでなく周囲の状況もつかめなくなるので悪循環。どうしても脳まで情報が到達するのに時間がかかる。脳からの指令が遅れると行動も鈍くなる。脳が疲れて寝ることも多くなるだろう。

いつかの新聞で読んだが、腸は老化のバロメーターらしい。従来は脳が起点となって各臓器に指令を出している。それに従って臓器が動くと考えられてきたが、近年は各臓器から脳に指令が届き、情報に基づいて脳が全身に指令を出すことがわかってきている。腸は臓器の中でも特に指令を多く出すという。

正雄の仕事の件で、京都のご婦人からお電話があり、私が「ご用件をお受けします。主人は難聴なものですから」とひと言。相手の方は「お家(うち)もどすか、スカタン、ばっかり言わはりますねん！　お家(うち)とお話ができてよかったですわ」とおっしゃった。どこでもいろいろあるんやなと先方さまの気持ちがよくわかった。私が正雄の耳にならねばと改めて思い知らされた。しかし、その私でさえも時々聞き誤りがあり、聞き返す。老いることは老いの世界をともに学ぶことでもあるのだ。

老人国となり、薬の無駄遣いは無論のこと、私は薬の怖さも伝えたい。今、四種類以上の薬の服用は副作用を考えなければならないようだ。正雄の場合はそれ以上だ。尿が出にくいために出やすくする薬が劇薬と知ったのは、漏れるのが副作用だと知った日のことだ。大の方にも影響を与えていたとのこと。他に代わる薬がなく、医師と相談の上で、しばらく中止に。薬の効能がいつまで続くか、経過観察を始めて二カ月近くなるが、大・小ともに変化なく出ている。私でできることは、納得のいくまで続けてみるしかないと思っている。

また、私は息子を病気で亡くしているのだが、当時、一般的に使用されている薬で、もちろん今でもあるが、その頃は副作用が明記されていなかった。いろいろと薬を代えて処方してくださったが、息子は飲むと変な気持ちになると言って、新しく出される薬が合わず、元に戻ってしまう。私は他の薬局に行き、説明書をいただいて読んだ。すると依存性の高いものであることを知った。息子も薬がだんだんと効かなくなり、量が多くなることを悩んでいた。薬は毒にもなるのだ。常に医師と相談して服用し、体調の変化を伝えることを怠ってはならない。また、医師も人数をこなせばよいということではなく、患者の声に耳を傾ける時間を持つことが大切だろう。

息子が亡くなる二カ月ほど前のことだったか。医師は、「お母さん、振り回されないでください」と言った。「この人、医者失格だ」と思ったものだ。今思えば、医師との話し合いが十分ではなかったと反省もしている。

犬のまなざしに癒やされる老い

私たち夫婦は、暇を持て余し、柴犬を飼うことにした。
牡の柴犬だが、大きいせいか雑種と間違えられる。でも、平成二十年十一月生まれの父方の赤毛と、同じ月生まれの母方の黒毛の間の血統証明書付きだ。

ボクの名はコロ。平成二十三年六月十一日生まれ。ママが二歳七ヵ月の時（ちょうど、今のボクと同じ年齢かな）生まれた。ママ、パパと離れるの悲しかったよ。でもね、もらわれて行った家の人、みんないい人で、ボクのことを三十三歳で亡くなった息子さんと思って大切にするって言ってくれたのよ。ボクに似ていて、あまり泣かない乳児だった共通点もあるって……嬉しかった。息子さんの代わりにパパ、ママお相手を頑張ってしようと決心したよ。

生後初めての冬を迎えるので寒いのは可哀想と、屋内での生活がスタートした。柴犬はポーカーフェイスであり、尾っぽをあまり振らない犬もいるらしい。感情がわかりづらいけれども、毎日見ていれば心の動きはわかるようになるとのこと。指示を聞くというよりも自己判断で動くことを求められてきた過去のある犬なので、独立独歩で自尊心が高い面があるようだ。マイペースなところは、ママに似ているかも。コロ君のこと大好きよ。

いつまで経っても吠えないコロ君、爪を切っているパパに向かって、肉まで切らないでとギャン！　足を踏んだママにキャンキャン！　我が家にきての第一声だ。この犬はワンと吠えられないのかな？　心配もよそに、時々小さな声で吠えられるようになったコロ君。少し成長してくると、玄関の横のフェンスの間から道行く人や犬を眺めるのが日課となったコロ君は、宅配便が届くたびに、ピンポン、ピンポンとなるが早いか、裏から走って玄関横のコロ君専用の観覧席へと行く。

宅配便のお兄さんやおじさんの中には、「犬はたいがい吠えるんやけどな」などと言っては、ボクを触っていくんだよ。ボク、バカじゃないからね。誰にでも吠えたりしないよ。失礼なんだもの。ちょっとエネルギーがあり余っている時なんて、フェンスの外を子どもたちが走るのに合わせて前庭から裏へと運動会。これがたまらなく楽しいよ。子どもも喜んでいるよ。欲を言えば、もう少し庭が広ければなぁ～なんて思っている。小学生の誰かがボクのこと「キツネ！」って言ったよ。そんなこと言わないでよ。「犬だよ！　犬！」犬はオオカミ系なんだよ。

この頃のコロ君は賢くなってきて、ガラス戸が開けられるようになってきた。廊下のガラス戸を頭で押し開けるの。「ガラ！　ガラ！」との音に正雄だと思った私は「開けたら閉めといて！」と言った。何の応答もない。「な～んだ、コロ君か」

ある時は、庭の温室のガラス戸の隙間ができて、がたがたしていたの。その戸を倒して壊したりして、さあ、ワンパクコロ君よ。

そんなコロ君も生まれて初めての雷が怖くって、あちら、こちらとソワソワ。落ち着きがない。どこに行ったのかと思えばキッチンの隅でウンチした。小さなウンチでよかったけれども仕方がないよね。いつもはとてもお利口さんで、屋内でオシッコなんてしないのにね。

とにかく、散歩中に人にも犬にも興味しんしん。立ち止まって見つめるコロ君。

時々、自転車が通ると同じように走りだす。追っかけていくのでパパもママもマラソンよ。

ボクはね、立ち止まって見つめる犬として有名なんだよ。

ところで、食べ物にはとても用心深いボク。まず、匂いを嗅いでみて、なかなか口にはしないのよ。

気に入らなければ出してしまう。無理に口元に運ぶと顔を右に左にとそむける。とてもわかりやすい。

一年目頃から母方の黒毛が背中に出てきて、成犬らしくなってきた。最近は、可愛い犬を見ると座り込みの姿勢（足を前に出して）「遊びましょう」と近づいてくる子犬を待つ。ちょっと大きくなってきたせいで、子犬に飛びかかろうとするのがママは怖いのよ。いじめでないのはわかっているけどね。

散歩中にリードをぐいぐい引っ張って逃げ出すことが何度かあった。戸を開けるが早いか脱走したり、心配しているパパやママの気持ちも知らないで、平気な顔をして帰ってくる。一度だけ、五時間以上も帰らないことがあった。今まで空腹になると帰ってきていたコロ君なのに、パパは、帰って来なかったら縁がなかったと思ってあきらめるしかないと言った。ママは信じていたよ。今まで帰ってこなかったことはなかったからね。それよりもリードが川原の流木にからまっているのではとか、フェンスの突き出た金具に引っかかっているのではと想像したり事故にあっていないか心配していたよ。

あたりが薄暗くなった頃、足をひきずって帰ってきた。よく見ると右足先に血がにじんでいる。とにかく、帰ってきてくれて一安心！

翌日は、獣医さんに行ったけれど、当分怖がってしまい、散歩のコースが変わった。以前、獣医さんから野生にするために育てているんじゃないからと注意を受けた。「ごもっとも！　おっしゃる通りです」

ところで紹介のところでも触れたけれど、世間ではコロのことを吠えない犬だと思っているだろう。ちゃんと吠えるよ。「ワン！　ウーワン！」ほれ、ごらんよ。


危険を感じない限り、無駄吠えはしないの。獣医さんも「よく育っている」と褒めてくださったよ。近所のご主人が作業をされている時はね、ボクの小屋の近くだったので何回も吠えたよ。

最近では、花火の夜。雷の音もしていたし、十時過ぎにおばさま二人が来て、「近所に犬が離れているけれども、犬いますか？」と大声。しかもガラス戸に二人の姿が大きく映っている。その姿に向かって、ただごとではないと思ったのか、何度も大声で吠え続けた。パパも起きてきたぐらいよ。ちゃんと番犬しているよ。

のんびりしている時のコロ君は、廊下からテレビを見ていることもあり、急に立ち上がりテレビに近づく。画面から消えた猫君を追っかけてテレビの横に行って、裏をのぞき見るコロ君、「アレッ！　アレレのレッ！」

夏場のコロ君は、すっかり「のびた君」になっている。そんなコロ君でも、パパ、ママをよく観察している。以前は、朝のお散歩はパパだったけれども、血圧の高いパパに代わって今はママなんだけどね。夏のこと、パパがズボンを穿くのを見ると散歩に行けると思ってコロ君も準備する。

夕方、ママが、自分の散歩から帰ってくると今度はボクの番だってことわかっているから、フェンスの間から顔を出して待ってるんだ。お買い物に出掛ける時も同じなんだよ。

眠っていると思っていても見逃さない鋭さ。先にお勝手口に行ってしまうのよ。ママが時々ハグすると、その後、決まって身振いするコロ君。本当は嫌なんだけれど我慢しているんだよね。そんなパパやママのことよくわかっていてお付き合いしてくれている。これからもよろしくね！

ある日のこと、獣医さんでとても可愛い子犬を見つけた。ママに抱かれているので、ママの膝の上にボクの足を乗っけて匂いをかいでいたんだ。その直後に気持ちよかった時の極楽〇〇〇てのをしたんだ。わかるでしょう。おもらししちゃったのよ。ゴメンナサイ！

その子のママが言ってたよ。以前の飼い主さんが冷たい人で、ママが飼ってあげることになったんだって。人を怖がっていたらしいよ。

ボクは幸せよ。

ボクね、よく物を噛み、困らせるいたずらっこだけどね、なぜするのか？　って！

◎遊びたいんだワン！（犬のきもちより）

◎歯の生え変わりでかゆいんだワン！
◎興味のあるもの探索していて、好奇心旺盛なんだワン！
◎退屈なんだワン！

コロ君も以前に比べてよくなったけれども、ちょっと長いんだワン！

昨年の夏は、散歩中にコオロギ君やイナゴ君に出会うと、ピョン！　ピョン！　と跳びはねて追っかけているボクの格好を後ろで見ているママが間抜けだって笑うのよ。バカにしているよね。ピョンと跳んだ先に行くんだけれど、その時はすでに次の目的地にピョン！　と跳んでいっているし、ママは、「無理、無理！」って……。ボク真剣なのにね。


時々、息子が可愛がっていた大型犬のリッチャンのことを思い出すのよ。もっと大切に遊んであげるんだったなって。でもあの時は、ママもそれどころでなかったもの、天国のリッチャンもわかってくれているよね。

犬だって人生いろいろよ。

コロ君は、ゴンタ君に会うのが楽しみ。ゴンタ君は尾っぽを振って、とても喜んで迎えてくれる。コロ君は喜んでいても尻っぽを振らない。かすかに動くかなってところよ。それでも匂いをかいでお互いによくわかっている、好きだってことを。

いつかゴンチャンが脱走したって聞いたのよ。同じ住宅の柴犬のいる家でうずくまっていたんだって。もしかしてコロ君のお家と間違えたんだね。もう少し先にボクの家があるのに、来てほしかったなぁ～。

早朝の散歩で、いつものゴールデンレトリーバーに出会う。通り過ぎても、いつまでも後ろを振り向いて名残惜しそうにして引っ張られていく。コロ君に興味があるのよ、近づきたいのよ。今朝は、お互いに鼻を寄せ合っていた。そのうちにコロ君のお腹の匂いをかぐ。牡同士なんだけどね。その子もあまり吠えない大人しい犬だって。

ちゃんと年長の彼女だっていますよ。名前は、白毛のダンゴ君と小さな小豆チャンです。ボクの方が大きいけどね。豆柴なのよ。いつ見ても可愛い。いつでも一緒にお散歩でいいな。ボクにも妹がほしいな。ママが大変だって言うから仕方がないんだ、我慢するよ。

パパといつも笑っているんだけれど、コロ君って悩ましい座り方するので本当に牡なのかなって？　ちゃんと必要なものは付いているけどサッ！　あの優しいまなざしで見つめられるとママのハートにキューンとくるよ。仰向けになってじっと静止した姿勢の時、パパとママは笑って見ているよ（犬が一番心を許している時のポーズよ）。白目をクリッとさせて、いたずらっぽく横目で見る、そんなコロ君は、とても可愛い。

パパは、ボクのこと甘え上手と言うよ。パパの膝の上にアゴをのせて、何かちょうだいって顔をする。美味しいご馳走に舌なめずりするしぐさが可愛いって。

だんだんと賢くなってきて、以前のようにピンポンと音がしても、外に出ないで玄関の戸が開くのを待っている。仕方なく、宅配が届くとお勝手から出ることにしている。

コロ君は、自分が悪いことをしていることをよくわかっている。怒られる前に、顔を見るなり一目散に、庭に逃げ出す。
シャンプーが大嫌い。私がタオルを頭に巻く準備をしていると、素早く逃げていく。今度こそはとタオルもズボンも脱がない、それでも察知してしまう。ママとコロ君の根くらべ！

二〇一二年の十二月のこと、コロ君が急に坂道をかけおりていくので、私はころんでしまった。リードも手から離れて小川の向こう側に行ってしまった。痛くて、ころんだままでコロ君を呼ぶと、心配して帰ってきてくれた。今だ！　サッとリードをつかんで起き上がったはいいが少々足が痛む。なんとか家までたどりついた。夜はそんなに痛むこともなかったのに、お風呂に入ったからだと思う。湿布して眠ったが朝は歩けない。階段を下りるのが一苦労。廊下を片足でケンケンして歩いて、またころんだ。整形外科医院に竹刀を杖にして歩いて行く。レントゲンの結果、骨折と言われた。自分では「ひび」に思えて、ひびですか？　と聞くと、医学用語にひびという言葉はない、と言われた。年寄りにはひびでいいのにと心の中で叫んだ。おかげさまで四十日ぐらいで治ったが、当分は朝夕のお散歩をパパにお願いした。

二〇一三年、パパはね、ボクがよく脱走したり、いたずらするので、「我が輩は猫を飼いたかったのである」なんて言っているよ。勝手なものよ。自分で何度も下見に行っておいて、パパも気ままなんだからね。でも、今ではパパに甘えてくれるボクのことを好きで好きで手放せないだろうなってこと見ていてわかるんだ。

ママは風船をふくらませて遊んであげたのよ。ふわぁ～ふわぁ～と飛んでいく。コロ君は足で落ちた風船を押さえようとするけれどもすべる。そのうちに上手に結び目をくわえることを覚えるんだけれど、しまいに爪を立てるか、噛むかしてパン！と割れてしまう。急に形も何もなくなってしまい、コロ君びっくり。あたりを見回している。どこに行ったのかなあ？　って。滑稽なのよ。

二〇一四年、パパはね、急に干し芋を買ってくるようになった。しかも中国産。ママは素朴な味が好きなんだけども中国産はだめ！　コロ君は好物のようなの。最近ね、食べすぎてお芋太りしちゃった。時々朝のお通じを二回する日があるからね。パパに注意しているんだけれどね。きっと、誰かに言われてママが干し芋が好きだから買って帰るように言われているのではと思ったりするのよ。だってサッ、二月だというのに「アイスクリーム買ってきたよ」とか、電子レンジないのに冷凍食品を買ってきて普通の冷蔵庫に置いてあるのに気づかないで溶けていたり、あんなに好きだったカレーライスをあまり食べなくなったりしたもんね。

夜になって私がお風呂に入っていると、戸を突く音がするので開けてあげると、あふれる浴槽のお湯をぺろぺろと二回ほどなめたら安心して、「ちょっと見たかっただけよ」といって、出て行っちゃうのよ。

夜はパパっ子のコロ君。パパは朝方になるとコロ君がお布団に入ってくると言うのよ。三時頃、ママがトイレに行くとパパのお布団の足元から顔を出して眠っているコロ君がいる。

食後は、パパが椅子に座っていると膝の上にコロ君は足をのせて、背中をさすってもらっている。コロ君は最高の顔をしている。至福のひとときよ。

お散歩で用をすませたあとのコロ君はスッキリして、帰路につく時、決まってママに飛びかかってくる。手袋をくわえるまでたわむれる。その手袋をくわえて頭を振り回しながら遊ぶ。いたずらっ子よ。この頃になると、散歩中に何かちょっとしたことからリードが手から離れても、そんなに遠くには行かなくなった。呼ぶと近くに来てくれることもある。これからも気になる中国の大気汚染マスクをしてお散歩を頑張らなくちゃ。

まだまだパパ、ママのお相手は続くけれど、先日ね、二人の話を寝た振りして聞いていたんだ。「コロ君がいるおかげで二人きりの時より気持ちが若く、長生きできそうだね」って言っていたよ。ボクも改めて二人に寄り添えることを幸せと思っている。

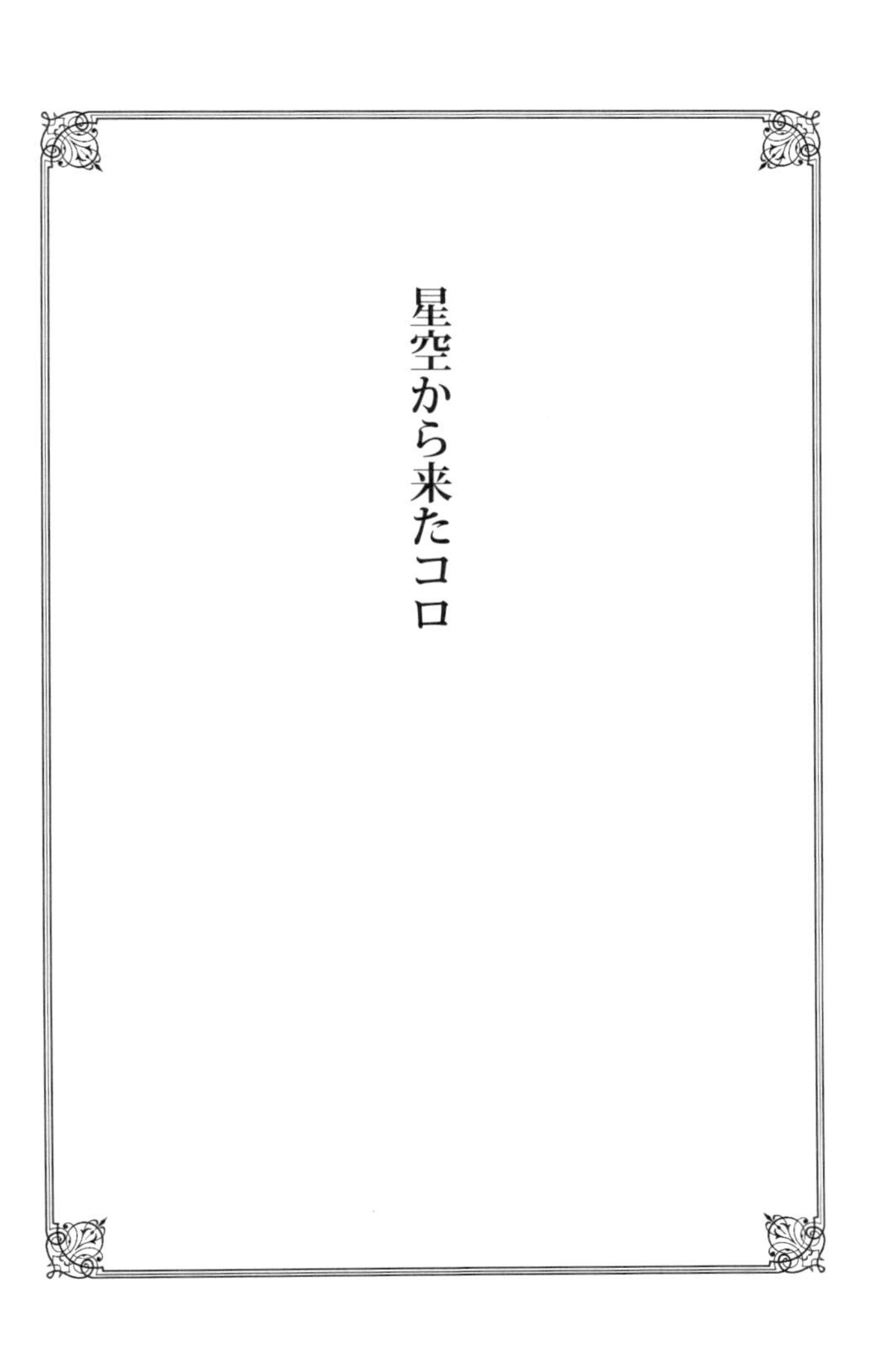

星空から来たコロ

星空から来たコロ　2

ボクは成長したんだ。

パパやママとかくれんぼだってできるんだ。今のボクは違うよ。成長したんだ。上段の三角コーナーに秘密の場所を見つけた。ママのお部屋も近いし、パパが「コロー！　コロー！」と言っても見つからない。やっと探せた。パパとボクの目が合う。笑ってる。

ボクは車が大好きだ。天国に行った犬のリッチャンは苦手だったとママは言っている。リッチャンの分まで楽しまなくっちゃね。

今日は獣医さんに行く日なんだ。お友達もたくさんいるし、車にも乗っていける。嬉しいな。雨が降っていても平気サ！　窓から頭を出して眺めていると、きれいなお姉ちゃんが、通り過ぎても後ろを振り向いて笑って見ていてくれる。頭がぬれていてもブルッ！ブルッ！とすればいいんだよ。

今日もパパはボクを置いて出ていくんだな。悲しいからウゥン！　ウゥン！　て鳴きながら玄関横のいつもの席で見送るんだ。パパが帰ってくると車の音で目覚める。やっぱりパパだった。お兄ちゃんの月命日のお墓参りには、ボクだってお供して車の中で待ってるんだよ。

パパはね、ある時から、なんだかわからないけれどもボクのこと、あまり可愛がってくれなくなったよ。お相手してほしいのに。ボク、寂しいからママのお部屋に行くんだけど、重い木戸だから前足でこすって音で合図するんだ。ママは開けてくれるよ。ボクは毎朝決まった時間に目覚まし時計の役割サ。夏になるとキッチンにいるボクは、お勝手口の網戸からのぞき見をして、ボクの好きなお友達が通るとすぐに庭に回って会いにいくんだよ。そんなに好きでもないお友達は気にしなくっていいんだよ。

ボクン家のお庭に何かわからない虫がいる。ブルン！　ブルン！　と声を出さないでひっくり返ってる。今度は体を起こして少し跳んだけれど、また木の陰に落ちた。よし！　ボクは羽根を前足で押さえちゃった。ママは「もうそれぐらいにしてあげなさいよ。セミ君飛びたいのよ」って言う。ママったら、遊びの邪魔しないでよ。

十月に入ってパパの体調が悪いから、パパとボクのお散歩はなかったよ。そのかわり、パパのためのお散歩を付き合うことになったのサ。パパの足取りはおぼつかない。ガンバレ！　パパ。お散歩二日目のパパは足も速くなった。ボクの方が、穴を掘ったり匂いをかいだり道草している間にパパに先に行かれちゃったよ。目的地にたどりつくと一休み、ごほうびのおやつをいただける。

お散歩の途中でテッちゃんのパパに出会った。テッちゃんが天国に召されてからパパもママも寂しくって、小テッちゃんを迎えることになったんだって。生後五ヵ月の小テッちゃんは人なつこくて可愛い。ボク大好き！　最近出会った小さな小さな白と黒のヤマト君も男の子。近づいてじーっと匂いをかいでも吠えたりしない賢いヤマト君。今でもゴンちゃんは尻尾を振って迎えてくれるよ。ダンゴちゃんも小豆ちゃんも時々出会うけど元気にしているよ。

早朝に広い青空駐車場の向こうの方へとすばしっこく早い何かが走っていった。あれは何だ！　ママはイタチだって言う。ボクはイタチじゃなく彼女を探してるんだけどな。

夏場は寝てばかりいたボク。食欲の秋は元気が出る。走りたい！　食べたい！

静かな朝は雨がザー、ザーと子守歌のようで心地いい。お散歩は休みなんだってこと、ちゃあんとわかってる。ママを起こしに行ったりしないんだ。今日は犬のリッチャンが遊んでいたミッキーマウス君と遊ぶんだよ。

ママはパパと一緒にぬり絵をしようと思って買ってきたんだって。それなのにパパは見ているだけ。ママのぬり絵上手って褒めるのよってママが言う。認知症の人には特にいいらしいよ。パパもママと一緒にしなよ。ボク、見ててあげるからサ！　ママのハートが開く時、ボクはじーっと見つめる。目と目が合った時サ！　お花が咲くようにね、そんな気持ちだって。ママとコロ君はラブラブよ、コロ君のこと好きすぎるよと言われてもボク、困っちゃうな。

十二月に入って、パパはとうとう認知症の兆候が出てきたって。ボク、頑張ったつもりなんだけどね。それでもボクがいないよりか、いる方が癒やしになると思うよ。

ボクがボールを持って行くと、ごほうびをもらえる。だからボールを運んでいると思っているだろう。違うんだ。実は遊んでほしい。パパもママを朝早くからボクを置いてけぼりにして、つまんないからお庭の穴掘りでストレス解消サ。今日のお散歩の帰り道で、やっと女の子に会えたよ。可愛いかった柴犬の仲間さ。

三十一日は今年最後のお風呂だから、パパは久し振りに入ってくれた。今日のママはよく笑うね。パパがね、下着を着るのに間違えて、「脱ぐんか！　パンツどれはくんや！　わしももうろくしたな、ハッハ」って。

新しい年、ドッグフードも替えてみたんだって。美味しいよ！　いつもの倍食べちゃった。ママ、いじわるなんだから、今日のウンチは重たいよだって。久し振りに脱走した。パパはボクが脱走すると目が覚めるのかな？　シャンとしてるって、ママが言ってるよ。

二十日、初雪、嬉しい。ママはボクがシャンプーした日は、コロ君男前ねってハグしたり、ホホをすり寄せたりするんだ。パパが寝ているお部屋に行くよ。調子のいい時はパパも手を出してなでてくれるよ。カーテン開くとパパが閉めてほしいとすぐに言うので、ボクもどうしてなんかな？　と思っちゃう。そっとのぞくとテーブルの上にお魚のおかずがある。パパ、早く食べないから失敬しちゃおうと、ママは吾が輩（猫）がお魚をくわえて逃げるのはわかるけど、コロ君にしてやられたと言って、ママがボクを探している。どこで食べているのかな？　だって。スリル満点だ？　フフッ！　パパとママが喧嘩したとしてもボクと目が合うと、「コロ君はいつもどこでも癒やしの王子様になってくれるのよね」と言われる。

二月十七日、ママとパパが帰ってきたけれども、ママは疲れたって。パパが高速を逆走って！　それ本当？　大変だったね。「コロ君ゴメン！　少し寝てからお散歩しよう」だって。

二十五日、ママ、ゴメン！　ボクのせいで他の犬に手を噛まれてしまって。痛くない？

二十六日、今日はママに遊んでとおねだりはしないよ。消毒の匂いするし、包帯もしているし、いつもと違うこと、わかってるよ。手をなめて癒やしてあげるから早くよくなってよね。今日はお天気がいい。ママとお姉ちゃんにお兄ちゃんとボクで桜の花を見に行けた。本当はパパを連れ出す目的だったのに残念だって。

四月、近所の女の子が来たよ。ボクに「コロ君、噛むの」って聞くんだよ。ボクだって人間さまと一緒で、気分悪い時もあるけど、噛んだりしないつもりなんだけどね……。お姉ちゃんが来てくれたので、車を見に行くといってパパの連れ出しに成功した。パパが喜んで機嫌いいのなんのって。「いただきます！」と大声で食べてるよ。ボクも行きたかったな。

今日はボクの爪切りなんだって。ボク怖くって、緊張しておもらししちゃった。お店の人はいいですよ、と言ってたけど、ママたちはティッシュの箱をお詫びに置いていたみたい。ママが何度も呼んだらしいけど、ボク、足をなめるのに夢中で聞こえなかったんだ。犬にも認知症があるって誰かが言っていたけど、ボク、まだ早いよ。パパ、ママのお相手があるだろう。ママの手が痛くって長い間お散歩をお休みしていたの、やっと行けるようになれて嬉しいよ。あまりの嬉しさで、また行きたいよ。

七日、ママを起こしに行くと、ママはまだ早いよと言う。だって早く行きたいんだもの。最近のママ、お散歩遅すぎるよ。

五歳になっても雷は苦手なんだ。寂しいからママのお部屋に行こうっと。

大好きなパパの車で獣医さんに行けなくなったボクは、少し遠いけれどお散歩になるからってママと歩いて行ったんだ。帰り道、ママは踏み切りを気をつけなきゃねって言った。カン！　カン！　と棒のようなのが下りてきたのにはボクもたまげたよ。怖くなって逃げようとしたら、ママは大丈夫よと言ってボクのリードを引っ張るので、電車が通り過ぎてもずっと見送ってたよ。電車見たのは初めてだ。

ママが体操を始めた。ボクも一緒にしたくなる。最後にはママは相撲のしこを踏むのさ。ボクは音が大きいし気になるからママやめてよ！　と前足でママのズボンをかいかいして合図するんだよ。

十一月、ママもボクも恋人探しの旅は続くけれど、あきらめないでね。ママは片想いの恋は美しいって。ピュア・ラブ。ボクがママに教えてあげたでしょう。お互いに十秒間まばたきしないで見つめ合うことだってことを。ママ、独り立ちしなよ。大丈夫だよ。ボクはパパのことだってちゃんと見守っていくよ。だってボクは星空から来たコロ君だもの。

十二月四日、ママは暖房の前でしゃがんで床に新聞を広げて読む時があるんだ。ボクがその上にゴロンとすると新聞の匂いもするし、背中をこするとすべって気持ちい い。ママは「コロ君、邪魔しないで」と言いながらもボクをなでたりコチョコチョをして遊んでくれる。ママ大好きだ！　お散歩から帰ってくると足を洗って、ママより先に入る。サッとママの上履きをくわえて振り返りながらママの様子を見て逃げようとすると、決まってママはおやつをくれる。「コロ君、いつでもいじわるなんだから。知能犯やね」って言うんだ。

ママは驚いている。ボクのお顔にマユがあること発見したってね。ボク最近、食べ物に欲が出てきちゃったよ。椅子に座っているパパ、ママの太ももと手の間の脇のところに鼻先をさし込んでおねだりをすると、ちゃんとボクの食べたいものを出してくれるのさ。

もうすぐお正月、「コロ君と一緒のお正月が何回も迎えられるといいね」って、ママの独り言を聞いたよ。

著者プロフィール

本山 詳子（もとやま しょうこ）

1946年生まれ。高校卒業後就職。
近畿地方在住。
愛犬との暮らしを楽しんでいる。

絵本『星空から来たコロ』（2015年１月　文芸社）を、やまもと
じゅんこ名義で出版。

波間のそよ風

2017年９月15日　初版第１刷発行

著　者　本山 詳子
発行者　瓜谷 綱延
発行所　株式会社文芸社
〒160-0022　東京都新宿区新宿１－10－１
電話　03-5369-3060（代表）
03-5369-2299（販売）

印刷所　株式会社暁印刷

ISBN978-4-286-18453-1